KB122046

이보다 더 좋을 수 있다

싱글맘의 마음 보고서

이보다 더
좋을 수 있다

홍소영 지음

이유출판

2

농담 같은 가족, 가족 같은 이웃

3
나는 여기에 있을 거야

4

불행이 가져온 행운

"홍소가 홍소했네!"

고등학생 때, 도날드 덕을 성대모사하는 나를 향해 친구들이 웃음을 터뜨리며 했던 말이다. 요즘 유행하는 문장식을 18년이나 앞서 구사하다니, 역시 난녀석들이었다. 어릴 때부터 친구, 가족, 하여간 나를 아는 사람 거의 모두에게 나는 '홍소'라고 불렸다.

고1 모의고사 언어 영역 시간. 문제를 풀던 아이들이 킥킥대기 시작했다. 나는 '왜들 저러지?' 갸웃거리며 다음 지문을 읽기 시작했다. 지문 속 한 인물이 웃고 있었고 그 웃음의 종류를 묻는 문제가 이어졌다. 보기는 이러했다.

① 조소 ② 냉소 ③ 미소 ④ 대소 ⑤ 홍소

뭐, 홍소? 홍소라는 단어가 이 세상에 존재한다고?

그렇다. 정말로 홍소라는 말이 있었다.

1. 홍소(哄笑): 입을 크게 벌리고 웃거나 떠들썩하게 웃음.
2. 홍소하다: 입을 크게 벌리고 웃거나 떠들썩하게 웃다.

슬픈 일도 분노할 일도 웃음으로 승화하는 너에게 걸맞은 이름이라면서 친구들은 신기해했다. 비록 한자 뜻은 다르지만 '홍소'는 홍소하기도, 홍소하게도 잘하니 딱이라면서.

신파극이건 스릴러건 코미디로 장르 전환하는 내 능력은 부모님으로부터 물려받았다. DNA에 새겨져 있기도, 두 분의 딸로 지내는 동안 산 교육을 받기도 했다. 그렇지만 홍소력이 금세 발휘되지 않는 사건도 있기 마련이다. 가령 나의 이혼 같은 것.

불과 얼마 전, 2022년 마지막 날을 하루 앞두고 보일러가 고장 났다. 그날 새벽, 한기에 눈이 떠져 살피니 '온수', '난방', '현재의 온도' 표시가 사라진 보일러 리모컨에는 숫자 '17'만 둥실 떠 있었다. 17이 뜻하는 바를 당장 몰라도 심상찮은 문제가 발생한 것만은 확실해 보였다. 8년 전 이맘때처럼.

2014년은 실로 실한 해였다. 굵직한 사건이 계절별로 빵빵 터졌다. 만삭이던 봄, 남편의 외도를 알았다. 뒤이어 여름날 재희를 낳았고, 가을에 이혼했고, 겨울이 오자 보일러가 터졌다. 그런데 보일러 고장을 굵직한 사건이라고 할 수 있을까? 세월을 탄 보일러라면 한 번씩은 고장을 일으키는 법이다. 심란하고 돈이 들지언정 해결 못 할 문제는 아니다.

하지만 나는 물이 쏟아지는 보일러 앞에 선 채로 공황에 빠졌다. 그 순간 등에 업힌 재희가 내 허벅지를 찼고 나는 울기 시작했다. 고장 난 건 보일러만이 아니었다. 이혼하기까지 일련의 사건이 선물한 우울증은 나를 쉬운 일 앞에서도 어쩔 줄 모르는 사람으로 만들었다.

이제 나는 보일러 고장 따위에 질질 짜지 않는다. 나만이 해결해야 하고, 해결할 것임을 알기 때문이다. 우습게도 8년 전에 운 이유 또한 그것이었다. 해결할 사람이 나뿐이라니, 엉엉. 그러나 지금의 나는 울어야 할 때만 운다. 마음 근육이 파열과 아물기를 반복해 크고 단단해진 것이다. 그리고 내가 누구인가. 홍소하는 홍소 아니었던가.

이러한 벌크업의 일등 공신은 생각할 것도 없이 내 딸 재희다. 나는 멋진 엄마, 재희의 영웅이 되고 싶으니까. 아이에게 잘 보이고 싶다는 내 바람은, 나를 사랑해 주는 사람들이 내 뻥 뚫린 가슴 구멍에 불어넣은 바람으로부터 태어났다. 가 본 적은 없지만 지중해에도 이토록 온화한 미풍이 불 것이다. 그 바람이 내 가슴의 구멍을 메웠고 신비하게도 언제까지나 바람인 채 머무르고 있다.

공황 증상으로 숨을 못 쉴 때마다 온풍은 살랑살랑 내 가슴을 어루만져 주었다. 거기엔 그들이 나를 걱정하며 흘린 눈물이 섞여 있었다. 내가 울지도 못하고 꺽꺽대는 날이면 그 바람은 자신들의 눈물을 마중물 삼아 나의 눈물샘을 채워 주기도 했다. 그뿐인가. 가슴 두근거림이 심해져 밤새 뜬눈으로 웅크리고 있는 내게 온풍은 시계 방향으로 순환하며 가만가만 말도 걸어 주었다.

"소영아, 너에게 닥친 건 재난이야. 슬프고 우울한 것이 당연해. 그럼에도 웃음을 포기하지 않고 딸과 즐겁게 살아가는 네가, 우리는 정말 자랑스럽단다."

그러자 끝도 없는 우울의 바다에 빠졌던 내가 조금씩 수면으로 올라가기 시작했다. 시간이 걸렸으나 여하튼 상승 중이었다. 빛이 닿는 곳에 도달하자 심해에서는 볼 수 없었던 존재들이 보이기 시작했다. 해초, 산호 절벽, 돌고래, 해파리, 니모를 닮은 물고기, 심지어 플랑크톤까지. 그들과 어우러져 나는 우주를 유영하듯 바닷속 여기저기를 돌아다녔다.

'아직 수면 밖으로 나가지도 못했는데 이미 아름다운 세상이라니, 우울해도 행복할 수 있다니!'

그 순간, 반려자만 보고 살 땐 닫혀 있었던 제3의 눈이 번쩍 떠졌다. 동시에 내 가슴의 온풍이 "드디어 네 곁의 사람들을, 사랑을 알아보았구나!" 속삭이더니 춤추듯 원을 그렸다. 간질여진 내가 으하하 크게 웃었고, 누군가 "홍소가 홍소했네!" 외쳤다.

말하자면 이 책은 다가오는 사랑을 볼 수 있게 된 내가 시간의 경계 밖에서 안을 들여다보며 다시 쓴 이야기다. 원망으로만 점철됐던 과거가 달리 보이니 다시 쓸 수밖에. 인생의 비밀을 발견한 나는 이혼 전보다 더 행복해지고야 말았다. 그럴 수도 있는 것이었다. 가족, 친구, 이웃이 주는 사랑을 거부하지 않고 받기만 했을 뿐인데 내 마음 근육이 튼실해졌다. 받는 것도 사랑을 주는 행위였다.

2023년의 첫날, 보일러를 가로막은 조립식 선반 앞에 서서 나는 울거나 망설이지 않았다. 검색하니 보일러 리모컨에 뜬 '17'은 누수를 의미했다. 재희의 무지개색 의자를 놓고 올라가 선반에 쌓인 물건들을 내리면서 버릴 것을 버렸다. 마침내 선반을 해체하자 꽤 거대한 보일러가 모습을 드러냈다. 예상대로 본체 여기저기서 물이 뚝뚝 떨어진다. 그러나 나는 정리되어 깔끔해진 베란다를 보며 "이참에 정리했네, 하하!" 만족의 홍소를 터뜨릴 뿐이다. 내일이면 수리기사가 방문할 것이고, 부품을 교체한 보일러는 예전처럼 잘 돌아갈 것이다.

홍소영

1

싱글맘은
처음이라서

그러니까,
그게 궁금하시다고요?

아이를 등원시키고 오던 길, 어린이집 친구 엄마와 마주쳤을 때 케케묵은 질문을 받은 적이 있다. 내가 이혼한 싱글맘이란 걸 아는 순간 태도를 바꿔 호기심 가득한 눈빛으로, 자신의 상황도 다르지 않은 듯 하소연하는 이들이 간혹 있다. 그렇다고 이혼할 것도 아니면서 말이다.

"세상에, 재희 어머님은 별다른 대책 없이(능력이든 돈이든 쥐뿔도 없으면서) 어떻게 이혼을 감행한 거죠? 용기가 너무 부러워요! 나도 남편이랑 헤어지고 싶은데 엄두가 안 나거든요."

이처럼 질문 아닌 질문을 받으면 속으로 '당신은 눈치까지 없네요. 자칫 무례한 사람으로 보일 수 있답니다.'라고 타이른 후 아무 말이나 뱉는다. 그중 가장 빈번하게 튀어나온 말은 다음과 같다.

"사람은 사람답게 살아야죠. 지금도 답을 찾는 중이지만 한 가지는 확실해요. 계속 같이 살았다면 내가 나를 밥벌 레지로 여겼을 거예요."

이 말을 할 때의 나는 사뭇 엄숙하면서도 고요한 미소를 짓는데 그래야 만족한 삶을 꾸려 가는 '사람다운 사람'으로 보이기 때문이다. 그렇다. 나는 타인의 시선에 매우 연연해 한다. 하지만 동시에 초연한 척 살아가고 있다. 상대가 밉상 이라면 이런 말을 덧붙이기도 한다.

"어머, 이혼하고 싶은데 못 하시는구나…… . 제가 까먹기 가 특기인데 드물게 기억하는 책 한 구절이 있어요! 어느 작 가가 말했어요. '종종 나를 소설가라고 소개하면, 자기가 원 하는 일을 할 수 있으니 행복하겠다고 부러워하는 직장인이 나 주부를 만나곤 한다. 그때마다 의심스럽다. 원하는 일을 하지 않을 수 있을까? 그 사람들이 정말 원하는 것은, 회사 나 가정에서 안정된 삶을 살면서 작가나 화가를 보며 원하 는 일을 할 수 있으니 행복하겠다고 말하는 바로 그 삶이 아 닐까?'라고요. 현재의 나는 자기 선택의 결과예요. 어떤 가 치에 중점을 뒀든 누구나 자신에게 티끌만큼이라도 더 이로 운 곳에 서 있지 않을까요?"

그러면 대개 눈치 없는 상대들이 그렇듯 사람 좋은 웃음 을 지으며 '듣고 보니 그렇네요.' 하고 수긍하고 행복한 여자로 돌아간다. 어쩌겠는가. 나도 허허 웃고 돌아선다. 몇 걸음 전진해 완전한 혼자가 되면 내 머리 위에는 작은 먹구름이 나타나고, 혼자만의 비를 맞으며 터덜터덜 걸어갈진대. 나는 왜 번지르르한 명함 하나 없이 살아와서는 다른 사람들에게 저런 의문을 안겨 주는 것인가. 허울 좋은 꿈, '동화 작가'라는 말을 내놓을 수도 없는데 말이다. 언제까지 다른 사람의 행복을 확인시켜 주는 용도로만 소비될 것인가.

달밤의
에어로빅

남편과 나는 7년의 요란한 연애 끝에 결혼했고, 7년 만에 재회를 가졌다. 유산을 여러 차례 겪은 후 태어난 딸아이라 더없이 소중했던 그때, 행운이 믿기지 않게 남편은 우리 곁을 떠나고 싶어 했다. 새로운 사랑을 찾았다며 남편이 이별을 요구한 날, 나는 신파극에서나 볼 법한 장면을 재연하고 있었다. 나도 내가 그럴 줄은 몰랐다. 바짓가랑이를 붙잡고 가지 말라고, 우리를 두고 가면 어떡하냐고 울면서 매달리다니. 갓난아기와 남겨질 두려움의 크기가 나를 한 마리 짐승으로 만들었던 것 같다.

남편은 그런 나를 물끄러미 바라보다가 내 손을 지그시 잡아떼며 '네가 정 못 키우겠으면 재희는 내가 책임질게. 다만 너는 책임지지 않을 거야.' 이 한마디를 툭 던지고 집을 나갔다. 그때 알았다. 결혼 서약은 지키지 못할 약속이라 존재하는 허상임을, 자존심을 고수하는 것만이 내 생명을 지키는 일이라는 것을. 그리고 결심했다. 나는 내가 책임지고야 말겠다고 말이다.

얼마 안 가 나는 언제 붙잡았냐는 듯 태도를 바꿔 '그래, 마지막 선물이야. 당신이 그토록 바라는 대로 이혼하자.'라고 선언했다. 남편은 작은 목소리로 미안하다고 했고 많이 편안해진 얼굴로 집을 떠났다. 결정이 어려웠을 뿐 실행은 아주 간단했다. '아, 이래서 우리나라 이혼율이 높구나.' 하고 체득한 순간이었다.

옛 생각을 떨치려 머리를 흔들고 평소처럼 밤 산책을 계속했다. 목적지는 동네 하천이다. 천변에서는 저녁 7시마다 무료 에어로빅 수업이 열린다. 매일 저녁 재희와 나는 알록달록한 에어로빅복을 멋지게 차려입은 동네 아주머니들의 춤사위를 구경했다. 거기에서 오는 묘한 감동이 있기 때문이다. 무료 수업이지만 대충 걸쳐 입지 않은 아주머니들의 자존심이 반짝거렸다. 그것은 곧 자신을 책임지는 품위 있는 태도이기도 했으니, 열 맞춰 열정적인 군무를 선보이는 그들은 내 눈에 그 어떤 무용수보다 멋있어 보였다. 재희는 재희대로 음악에 맞춰 발을 버둥거리며 들썩들썩 리듬을 탔

다. 나는 매일 저녁 7시마다 그 모습을 지켜보며 나를 책임
진다는 것에 대한 불안을 덜기 시작했고 조금씩 삶의 의지
를 키워 나갔다. 시간은 하천의 흐름에 맞춰 잘도 흘러갔다.

너에게로 가는 길

내가 늘 꿈꾸는 장면 하나가 있다. 거기서 나는 어여쁜 딸 재희를 부둥켜안고 밤하늘을 무대 삼아 춤추는 오로라를 바라본다. 내 인생 전체가 한 편의 영화라면 그 장면이 절정일 것이다. 그곳은 어디인가. 캐나다쯤일 테지. 이름은 모르겠지만 잎이 뾰족한 나무들이 빼곡한 어느 숲 한가운데 우리가 서 있다. 두 손을 맞잡고 '우아!' 하고 감탄하면 하얀 입김도 오로라를 따라 너울너울 춤추겠지. 떠올리는 것만으로도 황홀해지는 미래의 이 풍경이 바로 내 삶의 동력이다. 오로라 여행은 실현성이 높다. 화성도 아닌, 비행기로 길어 봤자 하루이틀 정도 걸리는 곳으로 가 밤하늘을 바라보면 되는 현실적인 꿈 아닌가.

　이런 생각을 써 나가는 지금, 스스로에게 조금 놀라는 중이다. 얼마 전까지만 해도 내게 꿈이란 단어는 밤에 꾸는 꿈이외의 어떤 의미도 갖지 못했기 때문이다. 집을 뒤로한 채 어디론가 달리고 달려 사라지는 내가 등장하는 악몽, 그것 만이 꿈이란 단어의 쓰임새였다. 매일 밤 꿈에서 달리다 어디에 다다랐는지 확인하지 못한 채 눈을 뜨면 그보다 더 악몽 같은 현실이 기다리고 있었다. 또다시 시작되는 하루를 인지하는 순간 호흡 곤란이 온다. 나는 가슴을 짓누르는 커다란 바위를 밀어내기 위해 허우적거린다. 그러면 어김없이 옆에서 누군가가 함께 허우적댄다. 아기 재희다. '밥 주세요, 엄마!'라는 몸짓에 나는 무표정으로 머릿속 전원 버튼을 누른다. 오늘도 '엄마 로봇'으로 변신 완료!

엄마 로봇은 일을 꽤 잘한다. 먼저 기저귀를 갈고 분유를 타 먹인다. 먹이면서 눈도 맞춘다. 배가 불러 기분이 좋아진 아기가 여기저기 기어 다니며 난장을 만들어 놓고 까르르 웃으면 엄마 로봇이 달려와 잽싸게 치운다. 다음으로 이유 식을 만들어 먹이면 이내 낮잠 시간이다. 아기는 자기를 안 고 둥가둥가 해 주는 엄마 로봇의 눈을 바라보다 스르르 잠 이 든다. 푹 자고 일어난 아기는 또 이유식을 먹고 또 난장 을 해 놓고 또 까르르 웃는다. 엄마 로봇의 눈은 움직일 수 없으나 입꼬리는 올릴 수 있다. 입만 웃으면서 아기 띠를 어 깨에 메고 아기를 마주 앉혀 버클을 잠그면 서로의 심장끼 리 아슬아슬 맞닿는데 그제야 엄마 로봇은 '나'로 돌아올 수 있다. 심장이 닳아서가 아니라 때맞춰 저녁이 돌아왔기 때문이다.

아침과 낮 동안 우울과 불안에 시달리던 나는 해가 지고 서야 마음이 차분해지면서 아기와 대화를 시작할 수 있었다. "재희야, 나갈까?" 하고 창문을 내다보며 어둠을 확인했다. 어둠 속 골목길을 비추는 가로등이 꼭 연극 무대 조명 같았다. 순간 나를 향해 손을 흔들며 무대 끝에서 걸어오는 남편이 보였다 사라졌다. '아, 이건 연극 무대니까 진짜가 아니지.' 잠깐 웃고서 아이를 업고 밤 산책을 나섰다. 다니는 동네 길목마다 남편과 깍지를 끼고 뭐가 그리 재밌는지 웃음을 터뜨리며 지나가는 내가 보였다. 재희를 업은 나는 '우리'였을 때의 나를 바라보며 모르는 사이처럼 그들 옆을 지나갔다.

시간이 흘러 나는 더 이상 엄마 로봇을 소환하지 않았다. 진실한 마음 없이 사랑을 나눌 수는 없는 법이니까. 일상과 함께 잊고 있던 꿈도 회복되었다. 우주 현상에 관심이 많은 나는 신비로운 오로라 영상을 보며 태교했고, 훗날 내 딸과 함께 오로라 여행을 떠나리라 결심했었다. 재희는 오로라를 배경으로 즉흥시를 지어 나에게 들려주겠지. 그냥 하는 말이 아니다. 예전에 새로운 어린이집을 다니게 된 재희가 내

게 이야기를 해 준 적이 있다. 등원 길에 비가 왔고 재희는
막 어린이집에 적응 중이었다.

어린이집에서 엄마랑 헤어질 때 목에서 뭐가 올라와.
그러면 재희 눈에서 비가 내려.
그게 눈물이야!
하늘에도 아이 한 명이 사는데 울고 있어.
엄마랑 헤어지기 싫어서.
그게 비야!

별스럽지 않게 이런 이야기를 풀어놓는 아이 옆에 무방비
상태로 있다가 그만 내 눈에서도 비가 내렸다. 내가 어떻게
이토록 고운 아이의 엄마가 된 걸까. 불시에 벅차오를 때면
나는 설거지를 하다가도 물을 잠그고 "재희야, 사랑해!" 하
고 외친다. 그러면 거실 쪽에서 "저도 사랑해요!" 하고 종소
리 같은 화답이 들려온다. 나는 설거지를 이어 나간다.

나는 신의 존재를 믿게 되었다. 남편이 떠날 것을 안 신이
미리 재희를 보내 주었다. 오랜 시간 그토록 주지 않았던 아
기를, 주고도 세 번이나 도로 데려갔던 아기를, 남편이 떠남
과 동시에 보내 준 이유가 있지 않겠는가. 재희는 벽을 보고

누워만 있길 원했던 나를 움직이게 했고, 딸과 함께 걷는 인생길이 얼마나 아름다운지 매일, 매 순간, 그 찬란한 기적을 보여 주었다. 재희도 아홉 살, 나도 엄마 나이로 아홉 살이다. 동갑내기인 우리 모녀는 매일 사랑하고 다투기도 하며 함께 성장하는 중이다. 우리의 버킷 리스트는 아마도 끝도 없이 늘어나 죽기 직전까지 다 해 보지도 못하겠지만 오로라 여행만큼은 반드시 실현하리라.

이제야 몇 년 전 밤마다 되풀이되었던 꿈이 악몽 아닌 예지몽이었다는 것을 알겠다. 그때 내가 달리고 달려 도착한 곳은 오로라 쇼가 한창인 캐나다 어느 숲이었을 것이다. 잎이 뾰족한 나무들이 빽빽한 어느 숲 한가운데서 누군가가 나를 기다리고 있다. 나는 그 사람을 만나러 달려가는 길이다. 아직은 멀리 있어 윤곽만 겨우 보인다. 더 빨리 힘을 내 달리자.

드디어 보인다! 오, 너였어. 너일 줄 알았지. 내가 다 알고 왔지. 재희야! 엄마 왔어. 많이 기다렸지?

미역국 끓이는 냄새

출산 직후 나는 새벽마다 구역질을 했다. 동트기 전, 미역국 끓이는 냄새가 어김없이 내 방을 점령했다. 나는 몸을 말고 '엄마 엄마' 하면서 훌쩍였다. 우니까 제왕절개 부위가 뒤틀려 아팠다. 흉터 밴드를 들추자 가로로 길게 난 핏빛 칼자국이 선명했다. 엄마의 나무 도마에 난 수많은 칼자국 중 하나를 붙인 것 같았다.

엄마는 미역을 자주 불리곤 했다. "미역국이 그렇게 좋아? 아이고, 우리 소영이 미역 장수한테 시집보내야겠다!" 도마 위에 고기를 놓고 칼질하던 엄마가 웃으며 건넨 말, 그 목소리를 껴안고 통곡하고 싶다. 당장 엄마에게 달려가 "엄마, 나 아기 엄마 못 하겠어. 엄마 사위한테 다른 여자가 있대. 한 달 전에 알았어."라고 다 털어놓고 엄마 밥을 와구와구 먹고 싶었다. 다 먹고서 트림 한번 시원하게 하고 나면

체증이 싹 내려갈 것 같았다. 아니, 이건 비밀로 하는 게 좋겠다.

어릴 때부터 미역국 킬러인 내가 산후조리원에서 삼시세끼 나오는 미역국을 반가워하기는커녕 구역질을 해 대다니 이상한 노릇이었다. 식당 가는 엘리베이터를 탈 때면 도살장에 끌려가는 기분이었다. 재잘대는 산모들 틈에서 숟가락으로 미역국을 휘휘 젓는데 옆 산모가 말을 걸어 왔다. 혹시 얼굴 하얗고 갈색 머리를 한 아기 엄마 맞냐고, 어쩜 아기가 그리 하얗냐고 외국 아기 같다고 말이다. 대답하려고 고개를 돌리니 미역국을 쉴 새 없이 떠먹는 그녀의 모습이 보였다. 불쑥 신물이 올라왔다. 나는 맞다고 답하고선 일어나 재빨리 사라졌다.

내가 엄마가 맞긴 한 걸까? 방에 들어가자마자 거울을 봤다. 나도 얼굴이 하얀지 머리가 갈색인지 보려는데 초점 잃은 눈동자가 먼저 보여 그만 침대에 누워 버렸다. TV 속은 월드컵으로, 문밖에선 산모들의 수다로 떠들썩했다. 왜 다들 떠들썩한지, 어째서 축제인지 나는 도무지 알 길이 없었다. 게다가 종일 미역국 끓이는 냄새라니, 이 건물을 식칼로 툭툭 썰어 국으로 끓여 내고 싶었다.

시간이 됐다. 방 전화가 울렸다.

"젖 먹일 시간이에요."

"아기가 제 젖을 못 물어요. 분유 타서 갖다주세요."

아기 머리를 내 왼쪽 팔에 눕히고 안아 젖병을 물렸다. 오밀조밀 작고 붉은 입술로 쪽쪽 잘도 빤다. 얼마나 열심히 먹으면 이마에 땀이 다 송송 맺힐까? 픔, 웃음이 났다. 아기도 배냇짓을 한다. '너, 생명체가 맞긴 하구나.' '너와 나, 친해질 수 있을까?' '우리의 앞날은 어떻게 흘러갈까?' '우리 둘이서만 살게 될까?' 하는데 저녁 미역국 끓이는 냄새가 났다. 내 얼굴이 일그러졌고, 아기가 울기 시작했고, 수술 자국이 아렸다.

아직은 어색한 사이

우리 모녀는 2주간의 조리원 생활 끝에 불편한 사람이 기다리고 있는 집으로 돌아갔다. 유일하게 좋은 점은 더는 미역국 끓이는 냄새가 나지 않는다는 사실이었다. 불편한 동거는 두 달 남짓 이어지다가 결국 끝이 났다. 남편이 떠났고 모녀가 남았다. 나는 우울증에 대항해 어떻게든 아기를 돌봤다. 영문 모를 아기 울음이 밤새 이어질 때면 주먹으로 내 가슴을 꽝꽝 쳤다. 무협 영화에선 가슴 어디쯤 급소를 치면 즉사하던데, 실제로는 멍만 들었다.

　어느 낮, 한가한 샤워가 절실해 엄마에게 집으로 와 달라고 부탁했다. 샤워하는 동안 아기를 볼 사람이 필요했다. 남편이 떠난 뒤 씻는 일이 고역이었다. 아기가 잠들면 그제야 번개 샤워를 할 수 있었다. 그러나 샤워기만 틀었다 하면 아기 울음이 물소리를 뚫고 고막을 때렸다. 나는 샤워볼에 거품 내다가도 후다닥 튀어 나가기 일쑤였다. 같은 상황이 반복되면서 아기가 울지 않을 때조차 환청을 듣고 뛰쳐나갔다. 벌거벗은 내가 곤히 자는 아기 옆에 서서 물기를 뚝뚝 떨어뜨리자 눈물도 뚝뚝 떨어졌다.

한가한 샤워를 즐긴 후 머리의 물기를 터는데 식탁 위에 엄마가 해 온 깻잎장아찌며 멸치볶음이며 밑반찬들이 보였다. 양푼 속에서는 미역이 불려지고 있었다.

"엄마, 웬 미역이야?"

"너 좋아하는 미역국 해 주려고 가져왔지. 고기도 끝내주게 맛있는 안심으로 사 왔어!"

"얘기했잖아, 나 미역국 못 먹겠다고. 도로 가져가!"

재희를 어르면서 엄마는 언제나처럼 단순하면서 명쾌한 해법을 제시했다.

"네가 엄마 미역국을 얼마나 좋아하는데! 조리원 실력이 형편없었던 것뿐이야. 머리 다 말렸으면 재희랑 놀고 있어 봐."

내 품에 재희를 안긴 엄마가 소매를 걷어붙이고 칼질을 시작한다. 고기를 썰고 물기 짠 미역을 썬다. 내가 냈던 도마 위 칼자국에 엄마의 칼자국*이 크로스 된다. 내 것은 소

*김애란 단편 「칼자국」에서 영감을 받음.

심하고 엄마의 것은 당차다. 엄마는 미역과 고기를 냄비에 넣고 참기름 뿌려 달달 볶는다. 모든 과정이 거침없다. 내 코가 벌름거리고 내장들이 꿈틀대기 시작한다. 엄마는 알고 있었다. 내 새끼는 내가 해 준 음식을 먹으면 다시 돌아올 수 있을 거라고, 시간은 좀 걸리겠지만 결국 그렇게 될 거라고 말이다.

엄마의 등을 바라보는데 가슴이 뻐근해졌다. 재희의 손을 가져다가 내 가슴에 대 봤다. 그러고 보니 아랫배의 통증이 사라졌다. 내가 먹어 온 우리 엄마의 칼자국처럼 재희가 빠져나온 빛의 문으로서만 위풍당당 새겨져 있었다.

넷째 아이, 재희

1

짐을 챙기다 말고 엄마가 또 울기 시작한다. 저래서 어찌 나를 낳겠다는 건지. 아기별에 있을 때 배운 바로는 엄마의 배속, 그러니까 어둠 속 바다에 동동 떠 있다 보면 빛을 향하는 순간이 온다 했다. 그때 아주 좁은 길을 통과할 것이고 엄마와 나 둘 다 찢겨 나가는 고통에 휩싸일 거라 했다. 그래서 우는 걸까? 그게 무서워서? 그렇다면 울 사람은 바로 나다. 엄마보다는 머리를 찌그러뜨리며 나가는 내 고통이 열 배는 더 크다고 했으니까. 그렇다면 혹시? 그럴 내가 가여워서 슬픔에 휩싸인 건가? 엄마도 참, 나를 너무 사랑한다니까.

실은 안다, 내 여인이 왜 우는지. 아빠 때문이다.

2

간호사 선생님이 들어오실 때마다 아빠에게 "아버님, 아버님? 엄마 허벅지 안쪽 여기요, 여기. 이쪽 좀 주물러 주라니까 왜 안 하시는 거예요? 산모 고통 조금이라도 덜어 주고 싶지 않아요?" 하고 타박을 주면 그제야 아빠는 주물러 주는 척하고 간호사 선생님이 나가시면 핸드폰을 보느라 바로 손 놓고…….

엄마 심정 이해해요. 그 모습을 보고 있자니 출산이고 뭐고 다 집어치우고 싶겠지요. 그래도 자궁 문을 열어 줘요. 저는 지금 숨쉬기도 힘들어 나가야 해요. 안 그러면 정말 죽을지도 몰라요!

3

하, 알았어요. 고집 센 우리 엄마. 내가 비밀 하나 알려 줄게요. 이 얘기를 들으면 분명 저와 만나고 싶어질 거예요. 그러니까 저랑 엄마는 우연히 한 몸이 된 것이 아니란 이야기를 하려는 거예요. 어때요. 벌써 흥미진진하죠?

그날은 '나누리'가 다시 돌아온 날이었어요. 나누리가 누구냐고요? 아기별의 아기들은 아기별에서의 이름을 지니고 있어요. 물론 그 이름도 저는 곧 잊게 돼요. 그렇게 정해져 있어요. 빛을 보는 순간 곧 망각이 시작된답니다.

우리는 돌아가면서 나누리를 안아 줬어요. 나누리는 엄마 배 속에 있을 때 심장이 멈췄대요. 그대로 자기 엄마와 작별하고 온 거죠. 나누리는 울기만 했어요. 자기가 죽어서 엄마가 슬퍼한다고, 자기 심장이 약해서 엄마를 울리기만 하고 돌아왔다고 말이죠. 그러자 옆에 앉아 있던 '이대로'와 '너와나'가 나누리의 양손을 하나씩 붙잡고선 같이 우는 거예요. 사실은 이대로와 너와나도 그렇게 돌아온 아이들이거든요. 동병상련, 그런 심정이었겠죠.

4

그때 쿠아가 저를 불렀어요. 쿠아는 아기별 이름이에요. 아기별 그 자체요. 눈은 없으나 눈 맞출 수 있고, 입 또한 없으나 목소리를 내는 존재가 바로 그녀죠. 그녀가 저를 '엄마 극장'으로 데려갔어요. 엄마 극장이라니! 드디어 저도 엄마를 만날 수 있게 된 거예요. 저는 스크린을 통해 지구의 모든 예비 엄마들을 구경했어요. 안타깝게도 딱히 느낌이 오는 엄마가 나타나지 않았지요. 실패인가 체념하려는데, 그때였어요. 제 눈동자에 한 여인이 들어왔어요! 그분은 갈색 푸들을 산책시키다 말고 강변에 앉아 물 위의 오리 가족을 바라봤어요.

그런데 그 여인이 갑자기 고개를 들더니만 스크린을 딱

정면으로 보는 것이 아니겠어요? 아이고, 깜짝이야! 그 순간을 상기하는 것만으로도 심장이 쿵 내려앉네요. 그녀와 눈 맞춤을 하자마자 제 가슴에선 팡팡 작은 불꽃놀이가 시작됐어요. 아득하고 슬프지만 따뜻한 눈빛이었어요. 가슴이 막 간질거려서 발을 동동 구르고 있으려니 쿠아가 일시 정지를 눌렀어요! 스크린을 꽉 채운 그 여인과 저는 계속 마주 볼 수밖에 없었죠. 저는 뛰는 가슴을 겨우겨우 진정시키고 쿠아에게 외쳤어요.

"내 엄마예요!"

그러자 쿠아는 말없이 제게 종이 한 장을 건넸어요. 그건 엄마 배 속으로 떠나기 전 엄마 이름 옆에 자식이 될 아기 이름을 사인해야 하는 일종의 확인서예요.

내 엄마 이름을 찾았어요. 어어? 그런데…… 엄마 이름 옆에 이미 여러 이름이 적혀 있지 뭐예요? 아이를 많이 낳은 건가? 하고 사인된 이름들을 읽어 봤어요.

"이대로, 너와나…… 나누리?"

그 여인은 제 친구들의 엄마였던 거예요. 심장이 멈춰서 되돌아온 제 친구들 말이에요. 엄마는 세 번의 유산을 경험했겠지요. 슬픈 눈의 이유를 깨닫자마자 그 슬픔은 내 것이 되었어요. 눈물이 뚝뚝 떨어졌어요. 쿠아가 말했어요. 여느 때와 같이 물기를 머금고 동굴 안을 돌아다니는 것 같은 목소리였지요.

"너의 심장도 장담할 수 없단다. 그래도 갈 거니?"

저는 1초도 망설이지 않았어요.

"쿠아도 잘 알잖아요. 제 심장은 강철 심장이에요! 제가
바로 아이언맨이에요. 저분이 엄마가 아니라면 대체 누가
내 엄마일 수 있겠어요? 저는 절대로 죽지 않을 거예요!"

그리고 거침없이 '사자갈기체'로 사인했어요. '홍소영'이
라는 엄마 이름 옆에 으르렁거리는 제 사인을요!

홍소영 : 이대로, 너와나, 나누리, 재희

그래요. 내 엄마 이름은 홍소영이고, 제 이름은 재희예요.
저는 엄마를 선택해 여기에 있어요. 우연 따위가 아니라고
요. 그러니 이제 문을, 문을 열어요, 엄마!

5

고마워요, 엄마. 문은 끝내 못 여셨으나 수술을 결정했기에
제가 나올 수 있었어요. 아빠는 곧 우리 곁을 떠날 거예요.
그런 건 그냥 알 수 있어요. 그래서 제가 온 거예요. '이대
로, 너와나, 나누리'는 엄마를 못 만났지만 저는 그 아이들
과는 달라요. 저는 아빠랑 배턴 터치 하러 온 달리기 선수거

든요. 그러니 심장이 얼마나 튼튼하겠어요?

걱정 마요. 엄마 곁에 있을게요. 저는 절대로 엄마를 떠나지 않을 거예요. 떠날 수도 없어요. 저에게도 엄마뿐이니까요. 서로에게 서로뿐인 사람들이 어찌 떨어질 수 있겠어요?

저는 지금 엄마가 마취에서 깨어나기만을 기다리는 중이에요. 엄마 젖을 물어야 한대요. 이런, 기억이 사라지고 있어요. 아기별에서의 기억이 하나둘 사라지는 게 느껴져요. 나누리, 나누……리가 뭐죠? 나누리라는 말이 둥실 떠올랐지만 그게 무언지 모르겠어요. 엄마, 잊지 마세요. 듣고 있어요? 제가 왜 왔는지 잊지 말아요. 저는 지금 모든 것을 잊기 직전이에요.

아기별의 기억은 잊겠지만 엄마와 스크린에서 처음 눈 맞췄을 때 지니고 있던 그 이름, '재희'라는 이름은 계속 쓰고 싶어요. 재희라고 지어 주세요. 제 이름은 재희예요.

재.희.

엄마, 꼭 기억해 줘요.

재희를요. 저를요.

휴식 한 바퀴

쉬고 싶었다. 아기가 낮잠을 자야 나도 쉴 수 있는데 아기 띠를 앞으로 안아 눈썹을 문질문질, 턱선 쓰담쓰담 등 갖은 방법을 동원해도 아기는 울다가 똘망똘망 내 눈을 바라보다가 할 뿐이었다. 울고 싶다. 한 몸 같은 아기 띠를 내려놓고 나도 너처럼 울고 싶다. 울 수도 없다니. 나는 핸드폰만 챙겨 그대로 나갔다.

남편이 떠난 동네는 낯설고 음울하고 기분 나쁘다. 그래서 아기도 잠을 안 자나 봐. 낮이 밤 같아서. 아기는 밤에 잠드는 걸 죽음의 세계로 들어서는 길로 여겨 무서워한다잖아.

버스를 탔다. 702, 내가 가장 자주 타는 버스. 앞에서 두 번째 좌석에 앉아 아기를 꼭 끌어안았다. 아기 띠 속 아기랑 밀착된 지금, 지금의 밀착은 평온 그 자체다. 차창을 조금 열었다. 봄이 오고 있구나. 찬바람에 온기가 섞여 있어.

아기는 녹번역을 지날 때쯤 완전히 잠에 빠져들었다. 눈을 한 번씩 뜰 때마다 풍경이 점프해 있다. 안 돼, 자는 건 아까워. 풍경을 봐야지 잠을 자선 안 돼. 이때가 아니라면 언제 세상 구경을 한다고. 이 갈등은 참으로 낯설기도 하지. 첫 차였던 세라토를 끌고 강변북로를 질주하던 게 엊그제인데, 이제는 버스 요금을 내야 풍경을 살 수 있다니. 어? 어느새 독립문역이잖아?

'쿵!' 급정거에 창과 박치기한 나는 재희를 꽉 끌어안고 눈을 떴다. 창밖엔 시네큐브 해머링맨이 망치질 중이고, 내 가슴과 아기 가슴은 맞닿아 땀범벅이다. 아기는 세상 모르고 잔다. 이십 대인 내가 곳곳에 돌아다니고 있는 광화문과 종로1가를 지나 롯데백화점, 서울역을 들른 버스는 다시 독립문역을 지나가고 있었다. 이 버스는 기점이 종점이다. 두 정거장이면 다시 암울한 동네. 그래도 재충전이 되니 기분이 꽤 괜찮았던 차, 퉁명한 목소리가 새 기분을 박살 냈다. 해머링맨이 버스 안에도 있다니!

"애기 엄마! 거참, 그렇게 한 바퀴 그냥 돌고 그러면 안 돼요!"

"죄송해요, 기사님. 아기가 버스를 타야 잠을 잘 자서요. 제가 좀 쉬고 싶은데 아기를 봐 줄 사람도 없고 해서. 죄송합……"

미치겠다. 끝맺음도 전에 왜 눈물이 먼저 나오는지. 그런데 기사님은 좋은 분이셨다.

"내 얼굴 기억하세요! 알았어요? 다음에도 내가 기사일 땐 오늘처럼 한 바퀴 도세요. 그런데 다른 기사일 땐 중간에 내려야 해요. 나보다 더 뭐라 할 테니. 아가야, 엄마 쉽게 잘 자야 한다? 하하, 아기 잘 키워요!"

젖 말리기

온전한 정신으로 하루를 보낸다는 것, 그것이 얼마나 큰 축복인지를 이제는 안다. 숨이 안 쉬어질 때가 있다. 호흡이 갑자기 멈춰 다급해진 뇌가 신호를 보내오는 것도, 살고 싶어 심호흡하는 나도 모두 자연스럽다. 오래된 현상이기 때문이다. 영화 「아이」를 보다가도 그랬다.

내게 출산 후로부터 몇 년간을 기억해 내기란 꿈을 소환하는 것과 비슷하다. 흐리고, 모호하고, 어떤 건 아예 사라졌을 것이다. 기억이 사라졌음을 알아채기란 불가능하다. 기억은 물건이나 사람이 아니므로 인식의 과정을 거칠 수 없기 때문이다. 기억이 다시 나타나야만 그것이 사라졌음을 알게 된다. 습득과 동시에 오는 뒤늦은 상실감이다.

영화 「아이」에는 6개월 된 아기 엄마 '영채'가 나온다. 영채는 싱글맘이면서 워킹맘이다. 유흥업소가 그녀의 직장이다. 빚에 허덕이는 영채는 2차까지 나가길 원하지만 그럴 수 없는 결정적인 이유가 있다. 젖이 채 마르지 않았기 때문이다. 점주에게 "나 이제 2차 나갈 수 있어! 젖도 다 말랐단 말이야!" 애원하는 순간 그녀의 가슴께 옷 위로 배어나는 모유. 순식간에 섬 두 개가 그려진다.

그 장면에서 숨이 안 쉬어졌다. 곧 머릿속 스크린에는 거울 앞에 서 있는 내 모습이 펼쳐진다. 욕실 문밖에는 그가 있는 것 같은데 내 표정으로 봐서는 이별을 종용당한 그날인 듯하다. 맞다, 그렇다. 물 밖으로 나온 순간처럼 기억이 환기됐다.

욕실로 들어오기 몇 분 전, 나는 소파에 앉아 아무것도 들리지 않는 사람처럼 허공에 점을 하나 찍어 그것만 바라보고 있고, 그는 간절한 얼굴로 나를 설득한다.

"우리는 이미 돌아갈 수 없는 강을 건넜어. 그래, 어떻게 뭐 계속 산다 치자. 어머님 아버님처럼 되는 거야. 결국엔 이혼하게 되는 거라고. 두 분도 봐봐. 헤어졌잖아? 소영아, 내 말 좀 들어 봐. 그게 그렇게 될 수밖에 없다니까?"

그 순간 그의 입을 들이받고 싶은 충동이 일었지만 나는 계속 점만 보고 있었다. 다른 건 몰라도 내 부모의 이혼까지 들먹이다니. 이혼을 따내려고 임계치를 벗어난 것이다. 부모가 이혼하기까지 30년 동안 자기 아내가 어떤 고통을 받았는지 뻔히 알면서! 주먹이 쥐어졌으나 이 시점에서 화를 내면 이혼으로 내달릴까 봐, 올라오는 울화를 도로 삼키고 나는 한숨만 뱉었다.

그때 그가 '어어' 했다. 눈이 커져서는 평소에 부르듯 "자기야……." 하고 말끝을 흐렸다. 왜? 뭐? 하면서 그가 가리키는 쪽으로 고개를 숙였는데, 내 회색 티셔츠 위로 모유가 번지고 있지 뭔가. 눈물은 눈에서만 나오는 것이 아니었다. 나는 욕실로 달려갔다.

뇌가 신호를 보내와 나는 다시 숨을 고르게 쉬었다. 영화는 혼자서 잘도 달려가고 있었다. 침대에서 떨어진 아들의 두개골에 살짝 금이 갔다. 의사가 영채에게 말한다.

"영아들 뼈는 잘 부러지는 만큼 잘 붙기도 하니 걱정 마요. 그런데 제가…… 이런 말씀 드려도 될지 모르겠지만 어머니 스스로도 잘 돌보세요. 혁이 영양 상태가 안 좋아요. 모유 수유하신다고 그랬죠? 어머니 영양 상태가 안 좋으면 그럴 수 있거든요."

나는 왜 여기서 눈물이 났을까. 참회의 눈물? 직접 수유를 못 했던 나는 영채처럼 유축기로 모유를 짜 먹였다(짜내지 않으면 가슴이 돌덩이처럼 딱딱하게 부풀어 올라 안 짤 수도 없었다). 재희는 내 모유에서, 아니 나에게서 어떤 영양분을 얻어 갔을까? 영양분을 얻긴 했을까? 매일 정신 나간 얼굴을 해서는 자기한테 말도 안 거는 엄마랑 단둘이 지내던 그 아기는 조금 늦게 알아야 할 고독만 먼저 얻었다.

영화는 희망을 암시하며 끝났다. 영화 속 인물들은 러닝타임 속에서만 살기에 영원히 희망을 꿈꾸고 있을 터였다. 내 인생이 한 편의 영화라면 나는 지금 어디까지 와 있는 걸까? 나는 언제까지 갑자기 찾아오는, 잃었던 기억을 습득하며 살아야 할까. 호흡의 일시 정지는 언제 사라질 것이며, 이런 글을 쓰지 않아도 되는 날이 오긴 오는 걸까.

마른 줄 알았던 젖이 번져 나온다. 지금이라도 젖을 말려야겠다. 나는 그때 나에 관한 것을 모두 방치했기에 젖도 제대로 말리지 못했다. 그러니 지금이라도 엿기름물을 내려야겠다. 자꾸만 엄마 젖을 놓쳐 앙앙 울던 아기와 그런 아기를 무표정으로 바라보던 나 그리고 지금 이 글을 쓰는 내 모습이 교차 편집되고 있다.

잿빛 늑대의 하울링

아무렇지 않은 척 살다 보면 숨어 있던 그것이 '나는 어디 가지 않았다.'라며 몸을 부풀릴 때가 있다. 오지 않고 드러낸다. 그러면 나는 거기에 침잠해 며칠을 내 존재를 의심하며 지낸다. 그럴 때의 세상은 동굴이다. 동굴로 들어갈 여건이 안 되므로 나는 세상을 동굴로 만들었다. 엊저녁 밥을 먹은 재희가 TV를 틀었다. 나는 옆방으로 가 웅크렸다. 재희의 웃음이 간간이 터졌다. 어느덧 한 여인의 웃음이 겹쳐 들리기 시작했다. 침범한 소리가 점점 커지나 싶더니 재희의 소리가 먹힘과 동시에 그 여인이 나타났다. 하얗게 센 머리를 풀어 헤치고 삼선 슬리퍼를 신은 그녀다.

2015년 늦봄 늦은 오후.
차가운 캐러멜마키아토가 당겼다. 나에게 더는 달콤한 일이 일어나지도, 일어날 수도 없었다. 며칠에 한 번씩 캐러멜 마키아토를 몸속에 흘려보내 피를 좀 끈적하게 만드는 것이 할 수 있는 전부였다.

재회를 업고 큰길까지 가야 했다. 아기에게 옷 입힐 생각을 하니 망설여졌다. 내복 입은 채로 업고 나갈까도 싶었지만 "소영아, 옷을 갖춰 입고 다녀야 해. 안 그러면 부모가 욕먹는다." 하고 과거의 누군가의 말이 옷장으로 나를 이끌었다.

나는 아기 띠를 앞으로도 뒤로도 하는데, 그날은 뒤로 재희를 업었다. 1년 가까이 웃는 근육을 사용하질 않았다. 나는 쓰리샷 아메리카노를 마시는 얼굴로 캐러멜마키아토를 조금씩 들이키며 집 쪽으로 걸어갔다. 왼쪽으로 난 골목으로 들어가기만 하면 되는데 그 여인이 나타났다. 재작년 겨울에 이어 두 번째 조우다.

2013년 겨울.

나는 조수석에 앉아 왼손으로는 전남편의 손을 잡고 오른손으로는 제법 임신부 태가 나기 시작한 배를 어루만지고 있었다. 그가 손을 놓고 후진 기어를 넣자 띠띠띠띠 소리가 났다. 그는 차 안에서 볼 것이 있다면서 나보고 집에 먼저 들어가 있으라고 했다.

나는 주차장에서 2분 정도 떨어진 집을 향해 걸었다. 바람이 찼다. 그는 왜 차에 남았을까 생각에 잠겨서는 바닥을 보며 걷는데 골목 어귀에서 누가 확 튀어나왔다.

눈앞에 문방구에서 파는 슬리퍼가 보였다. 발등에 흰 줄 세 개가 그어진 남색 슬리퍼. 슬리퍼 밖으로 때 묻은 발가락들이 나와 있었다. 얼굴을 들지 않고 그대로 지나치고 싶었지만 누군가가 내 뒤통수에 연결된 줄을 확 잡아당겼다.

"그년이 내 남편을 가져갔어! 내 돈도 다!"

나랑 눈이 마주치자 발가락의 주인이 낄낄거리며 속사포처럼 말을 쏟아내기 시작했다. 주위를 둘러봤지만 바람만이 '어서 가, 어서 가.' 하며 나를 집 쪽으로 세차게 밀었다. 하지만 그 바람이 너무 차 나는 얼음이 되고 말았다.

여인이었다. 눈동자도 머리카락도 하얀 회색이었는데 그래서인지 그녀는 꼭 할머니 늑대 같았다. 위로는 얇은 면티 하나에 자주색 털실로 짠 조끼를 걸쳤고 아래로는 고무줄 치마가 바람을 타고 있었다. 무엇이 들었는지 모를 보자기 꾸러미를 두 손으로 끌어안은 그녀의 발은 맨발이었다. 나는 팔자 눈썹이 되어서는 그녀의 회색 눈에서 벗어나지 못하고 있었다.

"히히, 내가 그년한테 뺏긴 게 얼마나 많은지 알아? 다 가져갔어, 다! 내 새끼도 데려갔다고, 내 새끼까지!"

그녀는 말끝마다 웃었다. 돌이키니 울음이었지만 그 순간엔 기괴해 소름이 돋았다. 그때 할머니 늑대의 회색 눈이 내 배 쪽으로 시선을 옮겼다. 코트에 가려 임신 여부를 알 수 없을 테니 그저 무심한 시선 이동이었겠지만 나는 어떤 신호를 받았고, 바람이 미는 곳으로 빠르게 걸었다. 할머니 늑대가 하울링을 멈췄다. 그녀의 발이 동상을 입을까 염려되었다.

2014년 한여름.

재회에게 분유를 먹이던 중 호흡 곤란이 왔다. 전남편에게 젖병을 던지듯 맡기고 밖으로 뛰쳐나왔다. 저쪽에 사람들이 있다. '내 말 좀 들어 봐!' 나는 달려가 아무나 붙잡고 하소연하고 싶은 충동에 사로잡혔다. 하지만, 달려갔지만, 나는 두 주먹만 불끈 쥐고 차렷 자세로 서 있기만 했다. 양옆으로 사람들이 스쳐 지나갔다.

다시 돌아와, 2015년 늦봄 늦은 오후.

여전히 맨발에 그 슬리퍼였다. 머리카락은 완전히 하얗게 셌고, 눈동자만 회색이었다. 초점을 잃었지만, 어쩌면 그래서 예쁜 눈이었다. 봄날임에도 그 맨발에 털양말을 신겨 주고 싶었다.

나는 캐러멜마키아토에 꽂힌 빨대를 입에 물고 물끄러미

그녀를 바라봤다. 할머니 늑대도 나를 보았다. 여인의 품엔 보자기가 안겨 있고, 내 등엔 재희가 업혀 있었다. 공중에 뜬 재희의 두 다리가 팔랑팔랑 날갯짓했다.

할머니 늑대가 말을 잃었다. 2년 전 속사포로 내보낸 말들이 돌아오지 않은 걸까? 그 말들이 최후의 언어였나? 그렇다면 그것들은 지금 어디에 있단 말인가.

내 안에! 그녀가 그날 떠나보낸 말들을 내가, 블랙홀처럼 빨아들였다. 전남편에게 젖병을 주고 뛰쳐나갔던 날, 나도 광장에 서서 그 말을 쏟아 냈어야 했는데, 그러고 싶었는데, 나는 꿀꺽 그것을 삼켰다.

이만 조우를 끝내야겠다. 나는 '잘 지내요, 할머니 늑대.' 하고 회색 눈과 인사하며 집을 향해 몸을 돌렸다. 그때 뒤에서 하울링이 들려왔다.

"아기, 아기……."

'왜 하필 오늘 재희를 뒤로 업었을까!' 뒷모습을 보인 순간부터 아기 아기 소리가 나를 쫓아왔다. 나는 캐러멜마키아토를 팽개치고 아기 띠 버클을 풀어 재희를 앞으로 안았다. 아기 머리를 감싸 안고 나는 무작정 달리기 시작했다.

회색 눈의 할머니 늑대는 여전히 그 동네를 돌아다닐까? 생각하는데 재희가 '엄마아아아!' 하고 호들갑을 떨면서 방으로 들어왔다.

"엄마, 나 다 그렸어!"

"와, 물감으로 그림 다 그렸구나?"

"응, 이것 봐. 노을이랑, 달이 밤을 만드는 거랑……."

"세상에, 무지갯빛 노을이야? 달이 검은색인 것도 참 좋
다. 구름은 비를 내리고, 달은 어둠을 내리고, 그러면 우리
는 편안하게 잠을 잘 수 있지!"

"헤헤, 엄마 오늘 밤에 잘 자겠네!"

그래서일까? 나는 재희가 내린 어둠에 감싸여 잘 자고 일
어났다.

태풍이 지나가고

판도라의 상자가 열린 순간부터 이혼하기까지 6개월이 채 걸리지 않았다. 태풍의 시간이었다. 그것이 소형인지 초대형인지는 중요하지 않았다. 태풍은 오직 태풍이므로 내 작은 울타리 안의 것들은 속속 찢기고 무너졌다. 정신없이 휘몰아치는 가운데 출산하러 가는 날, 내 눈동자는 어디에도 초점을 맞추지 못했다. 설렘이랄지 기쁨이랄지 그런 단어를 억지로 떠올려 보다가 진저리를 치며 신에게 빌었다. 아기가 태어난 순간 저를 데려가 주세요.

진통이 시작됐다. 그는 아내의 허벅지 안쪽을 주물러 진통을 완화시켜 주라는 간호사의 말을 듣고도 다리 꼬고 앉아 그녀와의 메신저에 여념이 없었다. 진통이 썰물로 나간 틈을 타서 나는 복도로 나갔고, 밀물이 오면 기어 다녔다. 태풍이 지나간 자리에는 기도에 응답받지 못한 엄마와 아기만이 남았다.

재난의 끝에 질문을 가장한 명령이 놓여 있었다. '수습해야 하지 않겠니?' 태풍의 잔재를 치우는 등 수습할 거리가 한두 가지 아니었으나 모성애 발굴이 가장 시급했다. 나는 가까운 친척처럼 아기를 돌봤다. 아주 오래전, 남편바라기였던 친구 H는 딸을 낳은 뒤 "이젠 내 딸이 최고의 애인이야."라며 웃음을 보였더랬다. 사랑해, 이 말을 재희에게 의식적으로 건네면서 나는 고개를 숙였다. 나에겐 왜 그 느낌이 오지 않는지, 오긴 올 건지 초조했고, 그럴수록 나는 열정을 다해 동화책을 읽어 줬다. 연기에 소질 있는 나는 그때만큼은 세상 제일의 재미있고 친근한 엄마였다. 재희는 특유의 맑은 웃음을 터뜨리며 쑥쑥 잘도 커 나갔다.

재희는 말이 빨랐다. 네 살이 되면서 시 같은 말들을 곧잘 건넸는데 그때마다 나는 가슴이 찌르르하여 드디어 사랑이 온 것인가 탄성을 질렀다. 이런 식이었다. 함께 손잡고 밤길을 걷다가 엄마, 하고 재희가 말을 건다. 응, 대답하니 어리숙한 네 살의 혀가 행복하다고, 행복이란 단어 없이 행복을 말한다.

"엄마랑 나한테 별가루가 떨어지고 있떠. 반딱반딱, 반딱반딱."

그 순간 세상은 멈췄고 별가루 샤워를 하는 우리만이 살아 움직였다. 나는 우리 애기, 하면서 재희를 꼬옥 안았다. 그러면 별을 닮은 작은 손이 내 등을 토닥토닥해 준다. 콧등이 시큰해진 나는 재빨리 다시 발걸음을 옮겼다. 둘이 함께, 같은 곳을 보면서.

태풍이 나를 관통할 때만 해도 이런 순간이 올 줄은 몰랐다. 비바람을 버티는 데에만 주력했다. 하지만 인생을 구성하는 건 잔잔한 일상만이 아니다. 그 잔잔함이 소중한 가치로 다가오는 건 태풍이 있기에 가능하다.

영화 「태풍이 지나가고」에서 어머니는 말했다. "행복을 손에 쥐려면 무언가 포기를 해야 한단다." 내게는 이 말이 행복해지려면 행복이 대단한 무엇이라고 여기고 그것을 손에 쥐려고 아등바등하기를 멈추라는 의미로 들린다. 아이랑 손잡고 별가루 샤워를 하며 밤 산책 할 때, 나는 구체적으로 행복하다.

얼마 안 가 우리가 나누는 게 사랑임을 알려 주는 결정적인 순간이 왔다. 자가용이 없는 나는 늘 재희의 손을 잡고 걸어 다녔다. 버스 타고 지하철 타고 우리는 잘도 다녔다. 그날도 우리는 킥보드를 들고 버스에 탔다. 월드컵공원역에 내려서 들어가던 중 킥보드를 타고 앞서간 재희를 놓쳤다. 하지만 걱정 없다. 언제나처럼 그곳으로 향했을 것이다. 달려가니 스케이트보드 인파 속에서 킥보드를 달리는 꼬꼬마 재희가 보인다. 우린 서로를 발견하고 손을 흔들었다.

"아야!"

그때 오른쪽 운동화 속에서 뾰족한 무언가가 발바닥을 찔렀고 내 몸짓을 본 재희가 달려왔다.

"엄마, 왜 그래?"

"괜찮아, 신발 속에 뭐가 있나 봐."

재희가 내 발밑에 쭈그려 앉았다.

"엄마, 신발 벗어 봐!"

나의 만류에도 내 운동화를 가져간 재희는 그 작은 손으로 운동화를 거꾸로 해서는 바닥에 대고 팡팡 털었다. 그 안에서 무엇이 튀어나왔는지 나는 보지 못했다. 다만 재희의 "이제 됐다." 소리를 들었다.

작은 몸을 웅크려 더 작아진 반달눈이 된 아이가 나를 올려다본다. 아이가 "엄마, 이제 됐어. 괜찮을 거야. 아픈 데가 어디야? 여기? 여기?" 하며 내 발 여기저기를 꾹꾹 눌러 본다. 나는 괜찮아의 '괜'을 말하려다가 그만 목이 메어 대답하지 못했다. 우리를 가운데 두고 양방향으로 스케이트보드 행렬이 쉴 새 없이 흘러갔다. "울어? 그렇게 많이 아파?" 재희의 말에 나는 눈물을 닦고 하하 웃었다.

그리고 여기서 Stop!

나는 되감기 버튼을 눌러 1분 전으로 갈 것이다. 운동화

를 털고 난 재희가 나를 올려다보며 웃던 그 장면으로, 예술
가가 될 시간이다.

아나크로니즘anachronism, 그것의 어원은 아나ana/前와
크로노스khronos/時代로 대개 '시대착오'를 뜻하나, 영화나
미술 작품에서는 비시간성으로 활용되기도 한다. 작가의 의
도로 배경과 등장인물 간의 시간은 일치하지 않는다.

> 아나크로니즘은 시간 순서의 위반으로, 셰익스피어의
> 희곡 「줄리어스 시저」에 대포가 등장하는 것이 그 예
> 이다.
>
> – 미셸 투르니에, 『뒷모습』 중에서

나는 나를 올려다보는 반달눈의 재희를, 행여 그 작은 몸
을 건드릴까 온 신경을 집중해 오려 시간 여행을 떠났다.

2014년 산부인과 복도.

한 여자가 복도를 기어 다니고 있다. 나는 나를 지우고 내
시선만을 남겼다. 그리고 내 영혼 앞에 반달눈 재희를 데려
왔다. 소리만은 지워지지 않아 곧 엄마가 될 영혼의 신음이
들리고, 재희가 엄마의 배를 어루만진다.

"엄마. 이제 됐어, 괜찮을 거야. 아픈 데가 어디야? 여기?
여기?"

독립의 서막

바야흐로 떨어지는 계절이다. 잎이 떨어지고, 기온이 떨어지고, 돈이 떨어지고, 돈이 떨어지고, 또 돈이……. 음, 가을이 불러온 '떨어진다'가 6년 전 초여름 밤을 소환했다. 남자가 비처럼 내린다는 팝송도 있건만 내 품엔 바선생만이 떨어졌더랬다.

7년 전 여름, 재희의 탯줄이 떨어졌고, 그 가을, 평생 나를 자기 몸에 풀로 딱 붙이고 살 거라며 걸었던 남편의 새끼손가락이 나의 소지小指에서 떨어졌다. 그러니까 이 부녀는 만난 지 3개월 만에 떨어진 것이다. 아직 말을 떼지 못했던 재희는 입장 표명 불가로 아빠와 작별했고, 아비는 미련 없이 떠났다. 정이 싹트기엔 짧은 시간이었다.

그가 사라지자 이름 없는 빌라 202호는 서서히, 그러다가 하루아침에 폭삭 늙었다. 수도꼭지에선 녹물이, 보일러에선 물이 똑똑 떨어졌다. 무기력해 무감했던 나는 그것들을 잠깐 응시하고 그대로 살아갔다. 지인들은 나에게 그와 지냈던 공간에서 떨어져야 할 이유 백한 가지를 설파하며 이사를 종용했다. 이사도 그들의 채근도 성가셨던 나는 귀를 닫고 재희만을 성심을 다해 보살폈다.

보다 못해 계시가 떨어졌다!

계시: 사람의 지혜로써는 알 수 없는 진리를 신이 가르쳐 알게 함.

즉, 연속된 신호를 보냈음에도 얼빠진 표정으로 일관하는 자에게 신이 적극적으로 개입해 그 안의 꽁꽁 얼어붙은 바다를 도끼로 내려치는 것, 그게 바로 계시다. 대개 도끼는 내가 가장 두려워하는 존재로 둔갑해서 등장한다.

계시를 받기 직전, 나는 거실 벽 쪽으로 눕힌 재희 옆에 누웠다. 이혼 후 안방 출입을 꺼렸던 나는 거실에 이불을 깔고 잤다. 안방 침대는 먼지 이불로 덮여 갔다. 드디어 쌕쌕 자는 소리가 났다. 돌이 지나면서 버틸 때까지 버티다가 잠드는 재희였다.

자유다! 아기 엄마들은 눈꺼풀에 성냥개비를 끼워서라도 이 시간을 허투루 보내지 않는다. 천장을 바라보고 누워 핸드폰을 열 때였다. 축축한 게 툭, 내 목과 가슴 사이로 떨어졌고 반사적으로 나는 그것을 집어 던졌다. 핸드폰을 열고, 그게 떨어지고, 그걸 집어 던지는 3단계가 일사불란하게 진행됐다. 그 상황을 대비해 오래전부터 훈련해 온 것처럼 말이다.

직후 어떤 예감에 소름이 돋았다. 거실 등을 켜자 예상대로 엄지손가락만 한 벌레 한 마리가 이불 끄트머리에 브로치처럼 붙어 있었고, 그것이 떨어졌던 내 가슴께에선 화약 냄새가 났다.

몇 시간 전 창문 밖 풍경이 스쳤다. 옆 빌라 주차장에 해충 퇴치 회사 차가 세워져 있던 모습이 말이다. 내 집으로 피신해 어둠 속 천장을 힘겹게 기어가다 핸드폰 빛에 놀라 뚝 떨어진 게 틀림없다. 그렇다면 화약을 태운 것 같은 이 냄새는 바ㅋ……. 그 이름을 발음 안 한 지 꽤 됐다. 내게 그것은 말하자면 해리포터의 볼드모트다. 봐서도, 입 밖에 내서도 안 되는 이름이다. 그래서 늘 '바선생'이라 쓰고 불러왔다. 그러니까, 바선생이 뒤집어쓴 약 냄새였다. 나는 재희가 깰까 낮게 악악대면서 지옥문인 줄도 모르고 안방 문을 열었다. 점등과 동시에 내 머릿속 퓨즈가 톡 끊겼다. 눈앞에는 한 마리 갈색 참새만 한 바선생이 날아다니고 있었다.

지인들이 최면 치료를 권할 정도로 나의 바선생 포비아는 심각하다. 하지만 바로 처단하지 않으면 바선생들은 숨을 것이고, 그럼 난 '눈에만 안 보일 뿐 한 장소에 존재하는' 더 강력한 미지의 공포를 겪어야 하기에 에프킬라를 찾아와 칙칙, 발견 순서대로 보내 버렸다.

가장 어려운 관문이 남았다. 그것을 하지 않고서는 일상으로 복귀할 수 없는 바선생 사체 치우기였다. 새 두루마리 휴지 3분의 1만치를 돌돌 말아 거실의 그것부터 치우려 했으나 손을 댈 수 없었다. 다가가다 갑자기 소름이 돋아 물러나기를 수십 번, 흡사 택견의 품 밟기 고수 같았다.

시간이 얼마나 흘렀을까. 고민하다가 재희의 아비에게 전화를 걸었다. 신호음을 들으며 시계를 보니 어느새 작은 바늘이 11에 가 있었다. 재희가 잠든 시간이 아홉 시 반이었는데 한 시간이 넘도록 바선생과 대치 중이었다. 오, 그가 전화를 받았다.

통화는 간단했다. 나는 도움을 요청했고, 그는(여러 이유를 댔으나 어쨌든) 거절하고. 마침내 진짜 이별을 했다. 고작 바퀴벌레 때문이라니 언뜻 이해 불가겠지만 나를 잘 아는 그에겐 합당했을 부탁이다. 도끼가 꽝, 얼어붙은 바다를 깨뜨렸다. 홀가분했다. 더는 그 바다에서 내가 앉은 튜브를 그가 끌어 주길 기대하지 않는다. 둥실둥실 튜브에 앉은 아이를 내가 직접 끌어 주리라. 전화를 끊자마자 보인 바선생들은 그저 먼지였다. 머리가 차가워진 나는 먼지를 집어 변기 속으로 골인시켰다. 그리고 손잡이를 내렸다. 간단했다.

돌아보니 재희는 재희의 얼굴로 자고 있었다. '천사 같은 아기'라는 표현은 와닿지 않는다. 재희 같은 재희, 재희 같은 아기, 재희 같은 천사라면 모를까.

바신생들과의 조우는 계시이자 충고였다. 신인지 누구인지 아무튼 저 위에 계신 분이 "아, 쫌!"이라며 허공에 빨간 글씨를 써 보일 순 없으니(그의 기준에선 정말이지 품격 없는 퍼포먼스이므로), 손수 바선생들을 보내시어 메타포 공격을 감행하신 게다.

나는 30년 된 이름 없는 빌라 202호를 떠났다. 바선생과의 조우는 무기력한 나를 움직일 추진 에너지로 적합했다. 아니, 차고 넘쳤다. 그 에너지라면 바로 화성으로 날아갈 수도 있지만 거기서 감자를 재배할 자신이 없었던 나는 이사하는 데 그 힘을 쓰기로 했다. 다음 날 엄마와 부동산 투어를 시작했고 지은 지 얼마 안 돼 깨끗한 거실 없는 투룸으로 이사 왔다.

작고 아늑한 이 집의 명의자도 세대주도 나다. 전입신고를 마치고 뗀 등본엔 홍소영과 재희만이 적혀 있었다. 그의 이름은 이제 나와 관련된 모든 서류에서 사라졌다. 고장 난 가로등처럼 깜빡깜빡하다가 어느 순간 팟, 암전되었다.

어느 저녁이었다. 부엌에서 쿵 소리가 났다. 장난감 자동차를 굴리고 놀던 재희가 싱크대 하부장 걸레받이를 발로 차 버린 것이다. 걸레받이가 쓰러져 하부장 밑이 뻥 뚫렸다. 뻥 뚫린 그곳은 칠흑의 세계, 음습한 곳, 손 뻗기 싫은 곳.

그때 재희가 빛이 들어가 애매해진 어둠을 가리켰다. 작은 바선생 둘이 죽어 있었다. 깊은 어둠엔 몇이 더 있을지 미지수다. 나는 그대로 걸레받이를 끼웠다. 그리고 하부장과 걸레받이 경계를 투명한 박스테이프로 붙이고 또 붙였다.

농담 같은
가족,
가족 같은
이웃

나의 해피밀,
'커피 Mill'

7년 전 여름, 나의 사계절은 겨울, 겨울, 겨울, 겨울이었기에 우리 모녀는 북풍을 타고 Y동으로 이사를 했다. 영화 「초콜릿」에서 북풍이 불던 날, 빨간 망토를 두른 비안느 모녀가 프랑스의 한 시골 마을로 온 것처럼 말이다. 차이가 있다면 비안느는 딸의 손을 잡고, 나는 재희를 아기 띠로 업고 왔다는 정도랄까? 전 동네와 지하철 한 정거장 거리지만 다니는 길로만 다녔던 내게 Y동은 완전히 다른 세상이었다. 번갯불에 콩 볶아 먹듯 이사 온 나는 여전히 얼빠진 상태였다.

당시의 내 특징을 적어 보자면 다음과 같다.

– 뱀파이어 바이오리듬: 낮 동안은 세상을 동태눈으로 스캔하고, 해가 져야 머리와 동공이 맑아짐.
– 거울과 내외함: 수시로 거울 속 좀비를 향해 오대수처럼

"누구냐, 넌?" 하고 외침.

– 비싼 화장품 없이 주름 개선: 매사 무표정으로 일관함.

– 무호흡증: 가끔 정신을 차려 보면 숨을 안 쉬고 있음.

스무 개도 더 넘게 댈 수 있으나 오열 방지를 위해 그만 나열하겠다. 출산 한 달 전부터 흡사 무생물 같았던 나는 1년 넘게 감흥 없는 삶을 이어 가고 있었다. 하지만 나는 그 이름도 찬란한 호모사피엔스! 시궁창에 빠져도 도랑 바닥을 훑어 사금파리라도 찾아 기뻐하는 인간 아니겠는가?

나의 사금파리는 '카페라떼'였다. 지금은 아메리카노 파인 나는 본디 라떼 파였다. 아메리카노를 돈 주고 마시기 아깝다는 이상하고 촌스러운 심리가 있었다. 우유와 에스프레소가 섞인 맛과 향은 눈보라 치는 겨울날 벽난로 앞에 앉아 불멍 때리는 기분을 느끼게 해 줬다. '무생물'에 가까운 상황을 벗어나려면 라떼가 맛있는 카페를 뚫어야 한다!

"첫 만남요? 잊을 수 없죠. 해 질 무렵 주황색 아기 띠를 앞으로 멘 소영 씨가 문 열고 들어오던 모습을요. 재희가 앞을 향하도록 안고 있었잖아요? 세상 풍경을 볼 수 있게요. 모녀의 눈이 동시에 나를 향했는데 그때 들었던 생각은 '엄마도 아기도 표정이 없네.'였어요. 로봇처럼 메뉴를 훑던 소영 씨가 단조로운 톤으로 우유를 적게 넣은 따뜻한 라떼를 주문하는데 귀여웠지, 뭐. 호호호."

청포도 에이드처럼 청량하게 웃는 이 인터뷰이는 내가 찾아낸 카페 '커피 Mill'(이하 커피 밀)의 황은미 사장님이다. 행복한 연인이 "나 처음 봤을 때 어땠어?" 하는 것처럼 사장님과 나도 첫 만남을 수다거리로 삼곤 했다.

집에서 1분 거리의 커피 밀로 매일같이 재희를 업거나 안고 가서 라떼를 마셨다. 사람이 그리울수록 사람을 멀리했던 내게, 나를 아는 이 없는 세 평 남짓의 프로방스풍 카페는 집보다 아늑했다. 커피밀의 전면 창으로 보이는 커다란 느티나무는 또 어찌나 다정하고 듬직하던지. 달려 나가 나무에 안기고 싶은 충동이 가끔 일었다.

막내 이모뻘인 사장님과 나는 책과 영화 이야기를 나누며 빠르게 친해졌다. 하루는 사장님이 동네에 지인이 없는 나를 걱정하면서 무슨 일이 생기면 반드시 자기한테 전화하라고, 아니 그럴 것 없이 무작정 커피 밀로 달려오라고 신신당부했다. 하하, 나는 웃었다.

시간이 저절로 흘러 일상의 재미를 하나둘 회복할 즈음, 저녁 설거지 중인 내 뒤로 쿵 소리가 났다. 식탁에 올라가 장난치던 재희가 떨어지면서 모서리에 입을 부딪친 것이다. 피로 범벅된 입으로 재희가 악을 쓰며 울었다. 겉으로는 냉정을 유지했지만 내 심장은 터지기 직전이었다. 나는 재희를 안고 커피 밀로 달려갔다. 사장님 얼굴을 보자마자 눈물이 줄줄 났다.

"재희가 식탁에서 떨어져서 피가, 피가, 그래서……."

나는 말을 잇지 못하고 울기만 했다. 눈이 동그래진 사장님이 선반에 놓인 차 키를 낚아채듯 집어 들더니 다급히 말했다.

"병원에 데려다줄 테니까 내 차에 타세요!"

카페 문만 잠그고 차에 올라탄 사장님이 시동을 걸었다. 우리를 태운 모닝이 병원을 향해 날아갔다. 차창 밖 우주엔 주인 없는 카페만이 별처럼 반짝였다.

금세 지혈된 재희의 입술은 조금 부풀다 빠르게 가라앉았지만, 내 심장은 다음날까지 빠르게 뛰었다. 이혼 후 모종의 죄책감에 시달려 온 나는 스스로 '엄마 자격' 운운하며 카페 구석 자리에 앉아 멍한 눈을 하고 있었다. 사장님이 따뜻한 라떼를 만들어 왔다. 평소처럼 나를 보며 가만가만 미소 짓던 그녀가 내 두 손을 잡았다. 그리고 부드럽지만 단호히 말했다.

"소영 씨 잘못이 아니에요. 모두 다요."

팅 하고 마음속 빗장이 공중으로 튕겨 올랐다. 한 사람이면 된다. 나를 믿고 지지하는 단 한 사람만 곁에 있으면 넘어지고 굴러도 일어설 수 있다. 그때 나는 그 '한 사람', 나의 친애하는 이웃 황은미 사장님 덕분에 풍요로웠다.

"소영 씨, 집이에요? 재희랑 나와요. 차 타고 서오릉 한 바퀴 돌게. 드라이브 좋아하잖아요. 거기 통닭구이가 아주 맛있어요!"

지금 커피 밀 자리에는 샐러드 가게가 들어섰다. 손녀 육아를 위해 사장님이 카페를 접던 여름날, 나는 실연당한 사람처럼 울었다.

내가 무릎 꿇던 날

주민센터를 찾은 2018년 어느 날, 내가 '한 부모 양육 수당' 수급 요건에 아슬아슬 충족한다는 사실을 알았다. 본인이 여전히 영세한 부류는 아니라는 착각에 한 부모가 되고도 4년이 지나도록 신청하지 않았다. 매달 20일이면 양육 수당이 입금된다고 한다. 재산도 수입도 적은 한 부모여야 받을 수 있다.

다음 달 20일, 핸드폰 액정에 메시지가 떴다. '130,000원 입금.' 당시의 양육 수당이었던 13만 원을 받고 입이 귀에 걸렸다. 딱 태권도장 학원비다. 어린이집 친구 재민이를 태운 태권도장 노랑 버스 꽁무니를, 그것이 사라질 때까지 꿈쩍 않고 바라보던 재희의 등을 기억한다. 재희의 앞모습은 그깟 태권도장 안 가도 그만이라고 큰소리쳤으나 뒷모습은 달랐다. "엄마, 나도 노랑 버스 타고 싶어." 작은 목소리지만 또렷한 요구였다.

다음 해, 양육 수당이 20만 원으로 인상됐다. 그날 나는 입 짧은 재희가 좋아하는 족발을 사 왔다. 세종대왕님이 일곱 분 더 늘어나자 태권도장을 다녀온 재희 앞에 빨주노초파남보 미끄럼틀이 생겼다. 우리는 족발을 뜯으며 무지개를 타고 놀았다. 그로부터 두 달이 지났다. 20일이 됐는데도 핸드폰이 잠잠했다.

주민센터에 전화하자 구청으로 문의하란다. 구청에서는 담당자 번호를 알려 줬다. 전화를 받은 직원이 담당자가 잠시 자리를 비웠으니 조금 이따가 다시 하라고 한다. 조금 이따를 기다리는 동안 나는 연습했다. 말하기 젬병인 나를 들키지 말아야 한다. "지원이 왜 끊겼죠? 아, 전산상의 오류가 있었다고요? 그것참 다행이네요!"

그래, 떨 것 없어. 연결음이 간다. 여보세요?

"선생님, 살고 계신 주택이 자가죠? 공시지가가 2만 원 올라서 떨어졌네요. 그 정도로 탈락하기엔 좀 그런데…… 안타깝게 됐습니다."

"2만…… 원이라고요?"

전화를 끊고 내 집을 둘러봤다. 원룸 크기를 억지로 두 공간으로 나눈, 아이를 데리고 2년마다 이사할 순 없기에 억지스럽게 샀던 집을. 한참을 벽을 향해 누워 있었다. 눈을 감았다. 창밖에선 뽀로롱, 알 수 없는 새소리가 들려왔다. 눈 뜨지 않는 한 여기는 파라다이스. 그 순간 뜬금없이 그가 떠올랐다. 개그맨 A가.

재희가 세 살 때, 우울감 타파 차원으로 코미디 프로를 자주 틀었다(효과는 없었다). 티베트 여우 같은 표정으로 뚱하니 보고 있는데 '충청도의 힘'이라는 코너가 시작됐다. 개그맨 A, B, C 세 명은 어린이, D는 할머니 분장을 하고 나왔다. B가 새로 산 장난감을 자랑한다.

B(어린이): 이것 봐라, 우리 아빠가 로봇 사 줬다. 너네는 이런 거 없지?

A(어린이): 야, 오늘 며칠이냐? 25일이면…… 으잉, 쟤네 아버지가 양육비 보냈나 보다.

C(어린이): 어허, 듣겠다. 쟤 때문에 부모 갈라선 거 동네 사람들이 다 아는데.

D(할머니): 근데 너는 엄마 집으로 가냐, 아빠 집으로 가냐. 너 동생 생겼단다, 서울에.

내가 들은 게 무엇인지 한동안 멍했다. 그들은 이혼 가정 아이를 조롱했다. 며칠간 세상은 시끄러웠고 금세 잠잠해졌다. 내 화병만 도졌다(재희에게도 나에게도 이복동생이 있다).

양육비 지원 중단과 개그맨 A의 조롱 사이엔 어떤 연관도 없지만 나는 벌떡 일어나 담당자 번호를 다시 눌렀다.

"드릴 말씀이 있어서요. 공시지가가 2만 원 올라서 탈락했다고 하셨는데요. 여기에 와 보시면, 아니 공시지가만 봐도 아시겠지만 너무나 작은 집이에요. 제겐 돌봄 대체자가 전혀 없어요. 아이가 엄마랑 오래 떨어지면 불안해서 당장 일할 수도 없고요. 지원금이 필요해요. 다시 수급할 수 있는 방법을 알려 주세요."

"사정은 잘 알겠지만 이미 결정돼서요."

"그렇지요. 결정을 되돌리긴 힘들겠지요. 그런데 우리 애가 태권도장을 무척 좋아해요(이때부터 눈물 콧물이 터졌다). 부유하지 못한 한 부모 아이도 태권도장 다니면 좋잖아요. 다닐 수 있어야 하잖아요. 제가 아직 마음의 건강을 회복하지 못해서…… 그러니까 우울증이 있어서…… 그렇지만 예전처럼 돌아갈 수 있어요. 그날이 오면 뭐든 할게요!"

"아니, 그런 이야기는 안 하셔도…… 그러면 선생님. 아이 통장이 있던데 그것도 부모 재산에 들어가서요. 워낙 아깝게 탈락한 거라 잔액만 비우시면 다시 수급자 신청할 수 있어요. 물론 이달치는 받지 못합니다. 그리고 같은 일이 또 생기면 그땐 전화 주셔도 소용없습니다. 아시겠지요?"

"감사합니다, 감사합니다!"

어쨌든 다시 받을 수 있게 됐다. 너무 고마웠다. 전화를 끊고 손바닥으로 눈물 콧물을 훔치는데 무언가 이상했다. 다리가 저려서 보니 내가 무릎을 꿇고 있었다. 어느 순간부터였을까. 태권도장 이야기할 때? 우울증을 고백할 때? 한동안 일어설 수 없었다.

보물 상자에서 뽀로로 통장을 꺼냈다. 우울증을 앓는 중에도 재희를 기쁘게 해 주고픈 마음만은 자주 생겨났다. 훗날 뽀로로 팬인 재희 앞에 짜잔, 내밀겠다고 은행 이벤트 기간에 신청한 통장이었다. 그날의 나는 시간을 들여 선보일 이벤트 생각에 뽀로로 통장을 품에 안고 은행 문을 나섰다. 발리우드 영화 주인공처럼 뜬금없는 뮤지컬이라도 펼칠 기세였다.

통장을 열자 재희 이름 아래에 20만 원이 찍혀 있다. 무릎을 편 나는 이 돈을 빼서 태권도 비를 내고 족발을 샀다. 통장을 해지하진 않을 것이다.

떠돌이 행성을
별로 만든 어벤저스

어지럽고 시끄러운 머리를 씻는다
내 머리는 자궁이 된다
아기가 들어와 종일 헤엄치며 논다
– 김기택, 「신생아 2」 중에서

너의 감수성과 재치를, 너의 따뜻함과 서늘함을, 너의
관대함과 예리함을 그리고 찾아올 너의 맑고 환한 모성
을 사랑하는 경민 씀. 2010. 7.

경민 언니가 유산 후 실의에 빠진 나에게 건넨 책『나의
살던 고향은 꽃피는 자궁』첫 장에 적어 준 메시지다. 나에
게는 경민 언니를 비롯하여 13년 전 온라인 커뮤니티에서
만나 지금까지 우정을 나누는 여인들이 있다. 친구 한 명을

제외하고 모두 언니다. 재희를 낳은 지 얼마 안 됐을 때부터 그녀들은 나 모르게 '파수꾼 단톡방'을 만들어서는 우리 집 쪽으로 더듬이를 세우고 있었다.

급기야 남편이 짐을 싸서 나갔다. 남들은 퇴근하고 있을 시간이었다. 소파에 앉아 거실에 깔린 이불 위에서 바둥거리는 아기 재희를 물끄러미 바라보던 내가 별안간 쫓기는 사람처럼 핸드폰을 집어 들었다. 다급해진 나는 그녀들 중 동갑내기인 혜진의 번호를 눌렀다.

"여보세요?"

"내가 있잖아, 내가⋯⋯."

"소영아, 울어? 왜 울어!"

"내가 왜, 왜 이렇게 살아야 하는 건데? 흑흑, 이게 다 뭐야!"

"나 퇴근하는 버스 안이니까 지금 내려서 바로 전화할게. 알았지?"

"아냐, 그대로 가. 나 괜찮아."

5분 뒤 핸드폰 벨이 울렸다. 액정에 고운 언니의 번호가 떴다.

"소영아, 괜찮니? 지금 갈게."

"네?"

"다들 너한테 빨리 가 보라고 난리야. 몰라, 빨리 가 보래. 주소가 어떻게 되니?"

"네, 왜요? 그러니까 제 주소는……."

나는 서울에 살고 여인들은 경기도, 대전, 경북, 부산에 거주하므로, 나와 최대한 가까운 거리에 사는 고운 언니에게 명령이 떨어졌다. 소영이가 이상하니 그 집에 가 보라고. 그러니까, 파수꾼 단톡방 대원들에게 '자살 경보'가 울린 것이다.

퇴근길에 별안간 우리 집으로 호출당한 고운 언니는 "야! 우리 소영이가 암만 그래도 절대 스스로 죽진 않는데 말이야. 다들 걱정이 많네!" 하면서 다크서클이 짙어진 눈으로, 하지만 예의 그 호탕한 웃음을 터뜨리고는 뜯지도 않고 팽개쳐 놓은 택배 상자에서 아기 운동장을 꺼내 조립해 주고 갔다.

나는 얼마간 생을 놓고 싶었으나 딸내미를 두고 떠난 어미로는 남기 싫었다. 불명예를 자존심이 허락하지 않았다(아직은 모성을 자각하진 못한 상태였다). 그리고 드라마 「동백꽃 필 무렵」의 옹벤저스, 동백이를 지켰던 그 동네 언니들에 버금가는, 아니 그 이상의 다정으로 무장한 나의 여인들로 인해 나는 삶을 선택했다. 실망을 안겨 주고 싶지 않았다.

잘 보이고 싶은 마음이었다.

올 사람도 없는데 벨이 울려 나가면 이마트 배달 기사님이 은주 언니 이름이 적힌 주문서와 온갖 종류의 식료품을 들고 서 있었다. 유진 언니는 시시때때로 찾아와 요리와 말동무를 해 주었고, 윤주 언니는 새벽 기도 시간에 내 이름을 빼놓지 않는다고 했다. 가정법원 가는 날엔 친구 혜진이가 달려와 재희를 봐 줬다. 수진, 새론, 선영 언니는 기프티콘을 보내며 사랑한다 했고, 경민 언니는 책이며 화장품이며 이것저것 보내오다가 하루는 먼 곳에서 와 재희랑 놀아 주었다. 칼국수 집에서 함께 저녁을 먹은 경민 언니는 떨어지지 않는 발걸음을 애써 감추며 서울역으로 향했다(나는 그 칼국수 맛이 그저 그랬던 게 여전히 걸린다). 성희 언니는 재희 백일 날 오자마자 대뜸 걸레질부터 하더니 천장에 풍선을 달고 생일 축하 노래를 불러 주었다.

다 열거할 수도 없다. '넌 혼자가 아니'라고 온몸으로 말하는 그녀들이 어떤 면에서는 나보다 더 필사적이었다.

행성 모두가 별을 가진 건 아니다. 항성계에 속하지 않아 궤도를 따라 공전하지 않고 외로이 우주를 떠도는 행성, 일명 떠돌이 행성이 있다. 태양을 별로 삼은 지구는 그것을 중심으로 일정 궤도를 공전하나 떠돌이 행성은 이리저리 검은 바다를 부유할 뿐이다. 지구라는 우주, 여기에도 떠돌이 행성이 있다. 자기만의 별을 찾아 헤매는 사람들이, 그리고 내가.

신의와 사랑을 질량으로 삼아 거대 중력을 일으켜 궤도에 안착시켜 줄 태양이 나는 필요했다. 전남편은 그 별 역할을 톡톡히 해 준 사람이었다. 시간이 흘렀고, 수명을 다한 내 별이 쾅! 폭발했는지 사라졌다. 나는 질끈 눈을 감았다. 변화가 없다. 실눈을 뜨니 다시 떠돌 줄 알았던 내가 여전히 궤도 선상에 있지 않겠는가? 알고 보니 전남편도 떠돌이 행성이었다. 부디 다른 항성계의 일원이 되어 있기를.

태양은 어느 한 사람만으로는 탄생할 수 없었다. 나의 태양은 나를 아끼고 사랑하는 모두의 이름이 뭉쳐 만들어진 기적의 별이었다!

여인들의 비호 속에 해가 바뀌어 재희는 두 살이 되었다. 2015년 어느 아침, 나는 애청하는 라디오 프로그램에 문자 사연을 보냈다. "나를 지켜 준 여인들의 이름을 불러 주세요!" 당시 DJ였던 '브로콜리 너마저'의 리더 윤덕원이 솜사탕 같은 목소리로 어벤저스 영웅들을 호명했다.

"유진, 은주, 윤주, 고운, 성희, 경민, 수진, 새론, 선영, 혜진 님."

그 순간 그녀들의 이름이 전파를 타고 전국으로, 어쩌면 우주로까지 울려 퍼졌다. 오래전 외계인이 들었을지도 모를 그 이름들과 또 다른 영웅들 이름이 응집했고, 그것은 나의 별이 되었다. 떠돌지 않아 더는 떠돌이 행성이 아닌 내가 사랑하는 사람들을 중심으로 궤도를 공전한다. 안정권에 들어섰다.

행복한
카트라이더

오랜만에 놀러 온 친구의 차를 타고 동네 대형 마트에 갔다.
우리가 탄 차는 지하 주차장으로 느리게 회전하며 내려갔
다. '0'에서 마이너스의 세계로 갈 때마다 이렇게 깊숙이 파
내려간 인간이 신기하고도 으스스하다.

마음먹은 인간에겐 불가능이란 없다. 이윽고 펼쳐진 너른
주차 공간을 돌면서 친구가 말했다.

"우리 꼭 소화된 결과물 같지 않냐? 위랑 장이랑 다 통과
했어! 크크."

농담하던 친구가 반응 없는 내 얼굴을 살폈다. 곧이어 눈
물을 흘리는 내 모습에 깜짝 놀랐다.

"지금 알았어, 이 지하 주차장…… 8년 만이야."

나는 나고 자란 이 동네를 벗어난 적이 없다. 당시 학생이

었던 P와의 신혼을 나의 본가에서 시작했다. 단독 주택의 2층은 우리 부부만의 공간이었지만 나는 때로 갑갑함을 호소했다. 그런 날이면 P는 나를 차에 태우고 밤의 자유로를 달려 풍동의 한 일식집으로 향했다. 스피커에서는 Acoustic Cafe의 「Je Te Veux(난 널 원해)」와 「Last Carnival(마지막 축제)」이 연속으로 흘러나왔다.

두툼한 회를 앞에 두고 나는 어째서 내게 온 아기는 하나같이 유산되는지 모르겠다며 훌쩍였다. P는 손으로 눈물을 닦아 주면서 그건 네 잘못이 아니라고, 건강한 아기가 다시 찾아올 거고 안 와도 상관없다면서 회 한 점을 입에 쏙 넣어 줬다. 다시 자유로를 타고 오면서 우리는 코스처럼 대형 마트에 들러 잡다한 것을 쇼핑했다. 카트를 끌면서 그 안에 곰돌이 모양 베개나 교체할 때도 안 된 자동차 와이퍼 같은 것을 담아 꽉 채웠다.

우리만의 집이 생기고 건강한 아기도 태어났는데 남편이 없어졌다. P는 차만 갖고 떠났다. 집에만 있으면 현실 인지가 어렵고 멍해져서 나는 되도록 하루에 한 번은 외출했다. 아기를 업고 걸어서 갈 데가 마땅찮아 종종 대형 마트로 향했다.

개천을 따라 걸으면서 나는 "재희야, 더러운 물이 반짝이는 윤슬 때문에 예뻐 보여. 저 물은 그럼 예쁜 물일까? 윤슬

이라는 단어만은 참 예쁘지?"라며 떠들었다. 아직 주고받지 못할 뿐 한 사람은 말하고 한 사람은 듣는 이것은 분명 대화다. 경청이 대화의 핵심이므로 재희는 초고수였다.

마트 1층부터 8층까지 빈 장바구니를 들고 하릴없이 돌아다녔다. 재희는 사람 구경하느라 손으로는 내 머리카락을 움켜쥐고 발로는 팔랑팔랑 날갯짓했다.

어느덧 재희가 쇼핑 카트 의자에 앉을 수 있게 되었다. 아이랑 마주하고 카트를 밀면서 돌아다니는데 피식 웃음이 났다. 일상을 선물하는 엄마가 된 뿌듯함은 얼마 못 갔지만. 곧 다른 풍경이 들어왔다. 부모와 아이로 이루어진 카트 가족, 그 조합이 내 옆을 지나가면 불시에 어린 스나이퍼의 비비탄을 맞은 것처럼 뒤통수가, 가슴이 따끔했다. 재희의 어린이집 친구 가족도 가끔 마주쳤다. 카트가 교차할 때 아이들은 손을 흔들었다. 생필품과 쓸모없는 것들이 섞여 산을 이룬 그 가족의 카트가 생경했다.

더는 곰돌이 베개 같은 것을 사지 않는 나의 카트엔 요거트와 치즈만 들어 있었다. 긴축 생활의 필요는 물론이고, 나에게는 많은 양의 물품 구매가 허용되지 않았다. 내가 들 수 있는 만큼을 사 들고 예외 없이 1층 정문으로 나가야 했다. 그가 몰고 사라진 우리의 첫 차 세라토는 양질의 생활과 부합했다. 생수 한 세트도 못 사다니. 나는 마트 정문으로 나가 그동안 모아 온, 내 몸을 뚫지 못한 비비탄들을 한주먹에 쥐고선 아무렇게나 뿌렸다. 모이인 줄 알고 모여든 비둘기들이 나를 흘겨봤다. 뭘 봐, 더는 이런 기분으로 카트를 끌순 없다고! 행복의 정형을 깨뜨리려면 큰 선택의 갈림길에서 내세웠던 나만의 중심 가치를 반추해야 한다.

실화를 기반으로 한 영화 「카트」의 한 장면이다. 대형 마트에서 계산원과 청소원으로 일하는, 정규직 전환을 앞둔 비정규직 '여사님'(남자 정규직 직원들이 비정규직 중년 여성을 부르는 말로, '아줌마'와 같은 또 하나의 폄하로 여겨져 듣기에 불편한 호칭)들이 어느 날 한꺼번에 해고 통보를 받는다. 반찬값 아닌 생활비를 벌러 나온 여사님들은 일방적이고 부당한 해고 통보에 항의하지만 돌아오는 건 무시뿐, 회사 측은 '아줌마들'이 지쳐 떨어지기만을 기다린다.

여사님들은 노조를 결성한다. 충돌이 예고된 시점, 허름한 탈의실에서 핑크빛 단체 티셔츠로 갈아입은 여사님들이 거울 앞에 나란히 선다. 그 거울엔 '단정한 용모, 웃는 얼굴은 기본입니다', '두발 단정', '명찰' 등 스티커 글자가 붙어 있다. 스티커의 내용을 어기면 반성문을 써야 하고 벌점을 받기에 경련이 나도록 미소 지어 온 여사님들이다.

그 순간 그들은 거울 속 자신을 향해 환한 웃음을 지어 보인다. "나 이 색깔 참 잘 받죠, 형님?" "자네는 살결이 하얘 갖고, 훤하다!" "우리 형님은 시집가야 쓰것소!" 신이 난 여사님들이다. 진짜 웃음! 권리를 찾기 위해 자발적으로 움직이기 시작한, 평범하기 그지없는 그녀들이 두려움 속에서 꽃피운 미소다. 나도 그 미소를 지어 본다.

행복은 '자발성'으로부터 시작한다. 어찌 보면 인생은 투쟁의 연속, 매번 승리하지 못해도 '졌지만 잘 싸웠다!'라는 소감은 가능하다. 나는 갓 태어난 아기와 둘이 남겨지는 게 무서워서 P를 붙들었다. 붙잡을수록 P의 몸집은 커졌고, 나를 보는 그의 눈이 환멸의 레이저를 쏘아 댔다. 그럼에도 남편 바짓자락을 붙들다니, 이 무슨 자신을 하대하는 모양새인가? 각성한 내가 읊었다(전통적으로 영웅은 영웅이 되기 직전 각성을 거친다).

"내 인생의 주도권은 오직 나에게 있도다. 나는 죽이 되든 밥이 되든 재희와 알콩달콩 살 것이니 그대는 그대의 연인 곁으로 가도록!"

음, 이혼 선언문 낭독이 끝나자마자 번개같이 사라진 P로 인해 잠시 동공 지진이 일었음을 부인하진 않겠다. 아무튼 이 선언이 나에게 준 카타르시스는 대단했다. 우리 모녀는 남겨지는 것이 아니다. 새로이 출발한다.

자가용은 없어도 우리에겐 쇼핑 카트가 있다. 이 카트를 모는 운전사에겐 치명적인 단점이 하나 있는데, 바로 안전 불감증이다. 다행히 이 운전사는 책을 즐겨 읽는다. '리빙 포인트'는 모 신문에만 있지 않다. 문학에도 있다. 후에 2부작 드라마로도 제작된 김영하의 단편 소설 『아이를 찾습니다』를 읽은 그 밤, 나는 악몽에 시달렸다. 한 부부가 마트에서 잠깐 한눈판 사이, 카트에 타고 있던 그들의 세 살 난 아들이 카트째 유괴당한다. 11년 후 아들을 되찾으나 이야기는 파국으로 치닫는다.

무려 엄마가 되어서 안전 불감증을 달고 살다니. 달라져야 했다. 카트에 탄 재희와 한 몸처럼 다니자! 이 포인트를 염두에 두고 우리는 무료 입장한 마트를 구석구석 탐방했다 (무료일 리가! 재희가 말을 잘하게 되면서 점차 '쓸데없는 물건 탑'과 함께 마트 마일리지를 쌓아 갔다). 재희는 열대어 수족관이 있는 5층에서 오래 머물렀다. 아이는 "물고기야, 물고기야!" 하면서 눈으로 열대어의 헤엄을 쫓아다녔고 나는 그런 재희에게서 눈을 떼지 않았다. 둘이 함께여서 행복했다. 나 혼자라면 오지 않았을 물고기 코너에 서 있는 지금, 나는 재희가 행복해 보여서 행복했다. 이 행복을 지키려면 카트를 도난당하지 말아야 한다. 그 안에 내 아이가 타고 있으니까.

재희가 아홉 살이 된 지금 카트에는 물건만 담는다. 여전히 마트 나들이는 즐겁고, 부모와 아이로 구성된 카트 가족을 봐도 무감하다. 그런 내가 친구와 지하 주차장에 들어서자마자 눈물을 흘리다니. 뻔질나게 대형 마트를 드나들었어도 지하 주차장에 올 일이 없어 유예되어 온 결핍이었다. P가 나를 위해 자유로를 달리고, 회를 사 주고, 마지막으로 이곳에 들렀던 그 밤들의 공기 같은 것이 오랜만에 감각됐다. 내 옆에 세워진 세라토에서 과거의 부부가 내려서는 팔짱을 끼더니 "카트를 여기서부터 끌고 갈까, 아님 올라가서? 100원은 챙겼지?" 종알대며 지나갔다. 그러고 보니 0에서 마이너스의 세계로 내려갈 때의 기분은 이 주차장으로 빙빙 돌며 내려올 때 내가 P에게 던진 질문이었다.

"인간이 이렇게 깊이 땅을 파 내려올 수 있다니, 이게 말이 돼?"

P는 이렇게 대답했던 것 같다.

"신기하고도 으스스하지. 그런데 있잖아, 오로지 깊게만 팔 순 없어. 스피노자? 그 사람 말이 맞아. 깊이 파려면 넓게 파야 해."

할머니 미용사의 충고

때는 바야흐로 2016년 봄날, 아이를 등원시키고 잠시 산책
하기로 했다. 봄을 즐기기 위해서가 아니다. 무심히 바라본
도로 반사경 속 내 모습이 흡사 설인 바야바 같았으므로 바
야바로의 진화를 한 번 끊어 줘야겠다고 자각한 것이다. 봄
날을 받아들이기엔 아직 심약한 나. 봄, 따사로운 햇살, 구
름 한 점 없는 하늘, 이런 것들이 여전히 고까워 빛이 있는
동안엔 무생물처럼 유령처럼 흘러 다니다가 어둠이 내리면
그제야 눈이 반짝해지는, 그러니까 아름다운 봄날 아침의
나는 '동태 눈깔의 그녀'인 것이다.

동태 눈깔로 약 10분을 흘러 다니다가 갑자기 불어온 돌
풍에 머리카락 싸다구를 맞은 나. 잘못을 논하자면 머리를
묶지 않고 바야바 상태로 쏘다닌 자신에게 있지만, 아까 말
했듯 나는 성찰할 만한 상태가 아니었으므로 모든 다가와

닿는 것들에 화가 날 뿐이었다. 깊은 빡침에 걸음을 멈춘 나는 '이런 미친 머리카락' 하며 그것들을 귀 뒤로 넘겼는데, 그 순간 공교롭게도 내 눈앞에 처음 보는 미용실이 나타났다. 전면 창엔 큼지막한 빨간 스티커 글자들이 두 줄로 붙어 있었다.

'몽몽 미용실

샤기컷 권위자'

권위자라니! 누가 권위를 부여했단 말인가. 자기가 자기에게? 호기롭군. 맘에 들어!

머리카락을 사자 갈기 모양으로다가 쳐 버리고 제대로 포효하고 다녀야겠단 희망에 부푼 내가 힘껏 문을 밀었다. 캄캄했다. 차렷 자세로 눈동자로만 사방을 살폈다. 거울, 의자, 벽지 같은 것이 마치 오대수의 감옥살이 모텔방 같은 분위기를 풍겼고 무엇보다 주인이 보이질 않아 좀 무서웠던 나는 발걸음을 돌리려 했다. 그때였다.

"어서 오세요."

"악, 깜짝이야!"

어둠 속 회전의자가 내 쪽으로 돌았다. 새하얀 단발머리에 키는 150센티미터 남짓(해서 내 눈에 띄지 않던)한 할머니가 앉아 있……다기보다는 의자에 폭 안겨 있었다. 나는 짧은 비명을 질렀다. 어서 오란 말에 어서 나가고 싶어졌다.

한편으로 모종의 호기심이 일어 나는 그만 회전의자에 앉고 말았는데.

"어떻게 해 드릴까요?"

미야자키 하야오 애니메이션에서 튀어나온 것만 같은 할머니 미용사는 손을 덜덜 떨면서 가위를 집어 들었다. 진동하는 가위에서 눈을 떼지 못하는 나 또한 달달 떨며 할머니 미용사에게 대답했다.

"그러니까 저기 유리창에 붙어 있는 샤기컷을……"

"잘 찾아오셨어요. 대한민국엔 제대로 된 샤기컷 기술자가 드물죠. 내가 일본에 있을 땐……"

할머니 미용사가 일본에 있을 적의 화려했던 과거사를 한참 들었다. 그렇다. 나는 팔랑귀에 예찬가이며 태세 전환에 능하다. 다소 지저분한 오대수 감옥 스타일의 내부가 사사로운 것에 신경 쓰지 않는 고수의 공간으로 탈바꿈했다. 긴장이 풀린 나는 샤기컷 권위자에게 편히 머리를 맡겼다.

"내 목소리가 좀 떨리죠? 미안해요. 사실은 일본에서 마음의 상처를 크게 입은 뒤 모든 것을 잃고 들어왔어요. 갑상선이 나빠지고 대상포진에 걸려 고생을 하고 있답니다."

"힘드셔서 어떡해요. 역시 몸과 마음은 연결되어 있네요. 저도 마음의 상처가 아직 진행 중이라 명치가 늘 답답하고 숨을 못 쉬겠어요."

"저런, 젊은 아가씨가 어쩌다가요?"

나는 완전히 무장 해제되어 말들을 쏟아내기 시작했다.

"하하, 저 아가씨 아니에요. 아이도 있는데 지금은 어린이집에 갔어요. 세 번의 유산 끝에 낳은 아이예요. 남편요? 없어졌어요. 이혼했지만 거의 제가 선물처럼 이혼해 준 거예요. 근데요. 사실은 저, 죽고 싶어요. 사람들이 봄이라고 저렇게 신나서는 하하 호호 돌아다니는 거 보는 게 괴로워요. 아니, 괴롭지도 않고요, 아무 느낌이 없어요. 미용실도 아기낳고 처음 왔어요."

권위자가 가위질을 멈추고 찡그리듯 웃고 있는 내 얼굴을 가만히 바라보았다. 담담하게 입을 여는 권위자.

"남자친구를 만들어야 해요. 지금 당장요."

그때부터 권위자는 걱정의 말을 늘어놓았다. '음양이 조화롭지 못하면 건강에 이상이 생긴다. 바로 나처럼 말이다. 그뿐만 아니라 연애가 주는 행복감이 무척 크므로 반드시 로맨틱한 일상을 영위해야 한다. 명심하라!' 이런 말이었는데 그 순간 내가 가장 좋아하는 책 『자기 앞의 생』의 마지막 말이 떠올랐다.

'사랑해야 한다.'

그리고 이어진 권위자의 말에 나는 얼마 만인지 모를 활명수 같은 눈물을 쏟았다.

"그나저나 남자가 나빴네. 외도 전엔 다정했다니 더 나빴어. 아니, 그래 얼마나 힘이 들어요? 그렇게 아기를 갖고 싶어서 오랜 세월 고생했는데, 어떻게 낳자마자 내빼냐고. 애기 키우는 게 얼마나 고된 일인데."

"……."

"나도 다 안다우. 아들을 혼자 키웠거든. 자식? 중요하지. 내 목숨과도 같지. 암요, 그렇고말고요. 그런데요, 자식한테 목매지 말아요. 다 소용없어요. 아들 녀석은 이제 저를 찾아오지도 않아요. 물론 애기 엄마 딸이 그럴 거란 건 아니고요. 자기를 챙겨야 한다 그 말이에요. 지금 내가 이렇게 아픈 거 나밖에 모르지 누가 알아주나요? 아프지 말아야 해요."

샤기컷이 완성됐다. 가히 권위자다운 솜씨다. 거울 속에는 단정하고 용맹해 보이는 한 마리의 사자가 있다. 그런데 사자의 얼굴이 눈물범벅이다. '얼마나 힘이 들어요?' 이 말에 견고하던 눈물 둑이 터졌다. 그런 나를 안쓰럽게 바라보는 권위자. 할머니 미용사는 우는 나에게 손수건 대신 손녀를 토닥이듯 다정한 말을 건네주었다.

"그러니까 남자친구 꼭 만들어야 해. 알았지?"

택시 예찬

광복절 전날, 오빠네 가려고 택시를 탔다. 재희가 "안녕하세요!" 인사하자 기사님이 사람 좋은 웃음을 지었다. "인사 고마워요, 꼬마 아가씨. 아이랑 다닐 땐 택시가 편하시죠?" 나는 고개를 끄덕였다. "거의 안 타고 살았는데 지금은 애용해요." 더는 택시 타는 데 주저함이 없다. 조건이 붙긴 한다. '너무 덥거나 추운 날, 또는 비바람이나 눈보라가 치는 날에 재희랑 외출해야 할 때.' 평소 택시비를 아끼는 나에게 이 조건은 정당한 이유로 작용한다.

　기사님이 말을 이어 갔다. "제 딸도 비슷한 또래 아들을 키워요. 아이랑 외출할 땐 꼭 택시 타라고 일러뒀지요." 평소의 나는 택시만 타면 큰스님이 된다. 묵언 수행에 들어가는 것이다. 기사님이 거는 말에 무조건 "네." 하고 창밖으로 고개를 돌리면 목적지까지 잔잔하게 갈 수 있다. 그런데 지금의 기사님은 어딘가 나의 아빠를 닮았다. 어느새 주거니 받거니 하게 된 나는 택시를 타기 시작한 계기를 이야기하게 됐다.

나는 집순이다. 집에서 하는 모든 것이 재미있는 내게 출타 욕구는 거의 일지 않지만 완벽한 집순이도 제 한 몸일 때 얘기다. 시속 10킬로미터로 기어 다니기 시작한 아기를 바라보며 집순이는 달라질 미래를 예감한다. '아! 나가야겠구나.' 열 평도 안 되는 공간에서 끊임없이 잡동사니를 끄집어내고 잡히는 것마다 입에 넣는 아기와 붙어 있기란, 밤새 술 퍼마시고 극장을 찾아 146분 동안 나오는 대화라고는 부녀가 나누는 몇 마디가 다인 「토리노의 말」을 완주하는 것보다 열아홉 배 정도 괴로운 일이다(이 영화는 사실 걸작이다, 내 정신이 온전할 때만).

내겐 차가 없다. 다행인 것은 임신 전 받았던 PT(케틀 벨 스윙과 플랭크, 90킬로그램짜리 역기로 데드 리프트 하기 등)로 단련된 나의 코어 근육이 꽤 유용하단 사실이었다. 뚜벅이 싱글맘은 마동석이 되어야 한다. 음, 완벽해서 곤란해졌다. 서사에는 시련이 필요한 것을. 그렇지, 나의 오른쪽 무릎은 매우 부실하다.

재희가 아기였을 때 등에는 배낭(기본적으로 챙길 아이 물건이 많다), 앞으로는 아기 띠를 메고 동네 천변을 걸었다. 유아기에 들어서고는 버스로 열 정거장 거리에 있는 상암 월드컵공원역에 곧잘 갔다. 아이의 넘치는 에너지를 뜀박질과 놀이터 탐험(일명 '아기새의 모험')으로 발산시켜 줘야 했다.

　그날도 재희는 과연 말띠다웠다. 망아지처럼 월드컵공원을 뛰어다녔다. 나도 뛰어다녔다는 얘기다(세 살은 혼자 놀지 않는다). 멀리서 보면 희극이었을 모녀가 어느덧 어스름에 물들었다. "재희야, 땅거미 나타났다! 집으로 도망가자." 세 살은 또한 무아지경으로 놀 때를 제외하고는 쉬이 걷지 않는다. "안아 줘, 안아 줘!" 몇 걸음 걷다 멈춰 선 아이가 내 손을 놓더니 나를 향해 두 팔을 벌렸다. 나는 심호흡을 한 다음 배에 힘을 꽉 주고 아이를 들어 올렸다. 코어 힘이 풀리면 무릎에 무리가 와 한동안 앓게 되므로 신경 써서 걸어야 했다. 이내 땀이 비처럼 흘렀다. 올려 안은 상태가 지속되면 가벼운 아이도 젖은 솜뭉치가 된다. 등에 매달린 배낭도 만만찮은 무게였지만 균형 맞추는 데 도움이 됐다. 아이 엉덩이를 받친 두 손의 깍지가 풀릴 때쯤 정류장에 도착했다. 벤치에 앉아 숨 돌릴 틈도 없이 집으로 가는 버스가 우리 앞에 섰다.

　승객은 적었지만 빈 좌석은 없었다. 감사하게도 이런 경우 양보를 받아 왔다. 그간 자리를 내준 사람은 대부분 나이

지긋한 여사님이었다. 내게서 오래전의 자신과 당신 딸을 봤으리라. 그날은 아이를 안은 엄마가 그려진 좌석에 젊은 남자가 앉아 있었고, 다른 승객들은 졸거나 핸드폰 또는 창밖에 눈을 둔 모습이었다. 나는 오른손으로는 내리는 문 왼쪽 옆 기둥을 잡고, 왼손으로는 재희 엉덩이를 받쳐 안고서 '도움은 필요치 않아. 이 정도는 거뜬하다고!' 기운을 내뿜었다.

두 정거장이나 지났을까. 팔에 힘이 풀렸다. 등이 휘면서 배가 앞으로 내밀어졌다. "재희야 잠깐 내려서 엄마랑 손잡고 있자, 응?" 눈을 비비면서 아이가 끄덕였다. 버스 바닥에 두 다리를 단단히 붙였다. 비틀거리는 아이와 내 몸의 중심 잡기에 전념했다. 버스가 수색역에 섰다. 문이 열리자 퇴근 인파가 좀비에게 쫓겨 오기라도 한 듯 앞다퉈 올라탔다. 「부산행」 버스 버전 같았다. 나는 아래 세상에서 졸고 있는 재희부터 재빨리 안아 올렸다.

왼팔이 부들부들 떨린다. 등에서, 관자놀이에서 땀이 줄줄 흐른다. 자존심 따위 버린 지 오래다. '아이만 앉게 해 주신다면 더 착하게 살겠습니다!' 눈빛으로 간청했다. 그러나 피로 사회에서 이제 막 빠져나온 사람들에게 우리는 투명인간이었다. 과거의 나도 때로 자는 척을 했다. 일곱 정거장은 더 가야 하는데. 엄마 소리가 절로 나왔다.

잠들어 축 늘어진 재희는 이제 쌀 한 가마니다. 아이는 내 어깨에 침을, 내 몸은 젖산과 진땀을 분비했다. 젖산 분비가 최고조에 다다르면서 오른손이 기둥을 놓쳤다. 허둥지둥 머리 위 손잡이를 잡는데 왼팔이 말한다. '나는 틀렸네, 먼저들 가시게나. 허허.' 왼팔이 아이를 떨구기 직전이다. 정신력으로 버텨야 한다. 오빠랑 불꽃 튀는 닭다리 쟁탈전을 벌였던 날처럼 전광석화와 같이 두 손을 맞바꿨다. 하지만 오른팔도 결국 내 몸뚱이였다. 오른팔이 왼팔에 힘을 성실히도 보태 왔는지 재희를 안자마자 부들부들 떨렸다. 내 마음도 부르르 떨리던 그 순간, 나는 아이언맨으로 변신했다. 얼굴의 철판화! 삐뚤어질 대로 삐뚤어진 나는 내 앞에 앉은 젊은이를 시작으로 모든 앉아 있는 이에게 레이저를 쏴 댔다. 나와 눈이 마주친 몇은 눈동자만 옆으로 옮기는 고난도 기술을 발휘했다.

한 정거장, 한 정거장만 더 가면 된다. 집 앞에서 풀려 버리는 괄약근처럼 스르르 팔이 풀려 아이를 고쳐 안았다. 동시에 '설상가상'의 예시로 적합한 장면이 연출됐다. 크로스백에 들어 있던 중학생 때부터의 내 필수품, 앞머리 전용 꼬리빗이 튕겨 오르더니 슬로우 모션으로 피융 날아가는 것이었다(아, 해도 해도 너무하는 것 아닙니까!). 버스가 정차하는 동안 그걸 줍겠다고 무릎을 굽혀 팔을 뻗는데(어찌하여 불길

한 예감은 틀리지도 않는지!) 버스가 출발했고 나는 그대로 나동그라졌다. 재희도 같이. 내 앞 젊은이가 눈이 동그래져선 반쯤 일어나면서 말했다. "여기 앉으세요." 나는 썩은 미소를 착즙하고 말했다. "이번에 내려요."

부웅, 뒤도 안 보고 떠나는 애인처럼 버스가 내뺐다. 세상은 한없이 차갑기도 한 것이다. 아직은 변온 세상에 무지해 새근새근 잘도 자는 재희의 볼에 코를 댔다. 여전히 아기 냄새가 난다. 그래, 네가 안락하면 된 거지. 그리고, 더는 손잡이를 잡지 않아도 된다! 자유로워진 두 손으로 아이를 안고 가는데 걸을 때마다 오른쪽 무릎이 굽혀졌다. 손잡이가 그리워질 줄이야.

몇 년 전, 동네 정형외과 의사가 한눈에도 3일은 안 감은 머리를 긁적이며 말하길, 이 정도로 통증을 느낀다면 가망 없으니 물리 치료라도 열심히 받으라는 것이었다. 나는 기계적으로 고개를 끄덕이며 의사의 길게 자란 때 낀 손톱을 응시했다. "오늘은 급한 일이 있습니다!" 나는 서둘러 안녕을 고했다. 정형외과 마지막 방문이었다.

달 뜨고 별 뜨고 영롱한 밤이다. 그래서 나는 서럽다. 자리를 양보받지 못해서가 아니라 매일같이 아이를 데리고 나가야 하는 이 고단함 때문에. "오늘은 동지가 데리고 나가시오."라든가 "종일 아기를 봐서 피로하니 잠시 저녁 산책이나 다녀오겠소." 할 수 있는 사람이, 인정하기 싫지만, 사무치게 부럽다!

"그렇게 된 것입니다, 기사님."

"홀로 아이 키우기가 참, 그것만으로도 외로운데 그날은 더했겠어요."

"그 시간에 버스에 올라탄 제 생각이 짧았죠. 그 후 몇 가지 목적을 갖고 야금야금, 하지만 악착같이 돈을 모으기 시작했는데요. 그중 택시비 명목도 있답니다."

"마땅한 쓰임새입니다."

그때 기사님의 핸드폰이 '또' 울렸다. 벌써 세 번째다. 그는 "아이고!" 한숨인 듯 내뱉더니 입꼬리를 올렸다. 그리고 아까와는 달리 액정에 댄 손가락을 오른쪽으로 밀었다. 그가 명랑하게 외쳤다.

"저예요!"

"어디예요?"

느릿하고 천진한 여사님 목소리가 스피커를 통해 흘러나온다. 부인일까?

"일하고 있어요. 손님을 태워서 아깐 전화를 못 받았어요."

"네에, 돈 많 − 이 벌어요."

들을수록 핸드폰 너머 말투는 어리고 목소리의 연배는 높아갔다. 어머님인가?

"네, 열심히 운전해서 돈 많-이 벌겠습니다."

"네에. 그리고요, 착하게 살아야 해요."

"네, 오늘도 착하게 살게요, 어머니."

"네에에."

'네'와 '네에에'가 오가던 통화가 끝나자 기사님의 입꼬리가 내려왔다. 눈썹도, 이마의 주름도 제자리를 찾았다. 44번째 노을을 보던 어린 왕자의 표정이 저렇지 않을까? 순간 배가 간지러운 것 같기도, 가슴이 찌르르한 것 같기도 해 괜스레 "재희야, 차 안에서 핸드폰 보면 멀미 나." 하는데 기사님이 헤 웃는다. "우리 어머니예요. 치매로 어린아이가 됐는데도 착하게 살라는 당부만은 잊지 않으시네요."

그러면서 기사님은 나도 아는 한 시를 대략 읊었다. 시를 읊는 기사님을 만나다니, 오늘이 다시 없을 행운의 날로 여겨졌다. 나는 시를 잘 모르지만 시 한 편쯤 지니고 다니는 사람은 알 것 같으니까.

어머니
아무래도 제가 지옥에 한번 다녀오겠습니다
아무리 멀어도
아침에 출근하듯이 갔다가

저녁에 퇴근하듯이 다녀오겠습니다

    – 정호승, 「밥값」 중에서

기사님은 자신이 밥값을 할 수 있어서 좋다고 했다. 밥값을 하는 것이 인간의 도리니 그것이 곧 착하게 사는 모습 아니냐면서. 어머니에게 더는 가스 불 잠그고 외출하라는 당부를 못 해 슬프지만, 변함없이 착하게 살라는 가르침을 받는 것만큼은 행복하다고 했다. 어린아이가 됐다 한들 기사님에게는 언제까지나 어머니인 이유다.

목적지에 도착했다. 택시비를 결제하면서 기사님과 "오늘도 착하게!" 덕담을 주고받았다. 착함은 강함이다. 느닷없이 강해질 순 없다. 곁의 착한 마음들이 합세해 나의 착함이 완성된다. 착한 마음은 자발적으로 낮은 곳에 임한다. 모이고 모여 뭉쳐진 그들은 강력하고 막강해진다. 낮은 기압일수록 더 많은 수증기와 공기를 빨아들여 세력을 키우는 태풍처럼. 그렇게 강해진 착한 마음이 토대가 되어 세상이 잘 돌아간다고 믿는 나로선 내 아이에게 착하게 살자 못 할 이유가, 그 말을 하는 데 겁먹을 까닭이 없다. 기사님의 어머니처럼. 그리고 지구 입장에서는 태풍이 자정 작용이잖은가. 그나저나 이토록 절친 같은 기사님이라니! 재희 엄마의 택시 예찬은 계속되어야 한다.

바다 건너 저쪽에 가 보고 싶어

'싱글맘, 제주도, 택시, 이불, 바다.' 나는 어떻게 이 단어들에 묶이게 되었나. 여기는 제주도의 한 해안도로. CCTV를 되감아 보자. 때는 2018년 11월 2일 새벽 2시 47분. 택시에서 여자가 내린다. 혼자가 아니다. 그녀의 품엔 이불로 감싸진 세 살배기 딸이 안겨 있다. 잉태의 시절처럼 하나로 보이는 모녀가 도로에서 바다로 난 계단을 내려간다. 택시 하차부터 삶의 하차로 향하는 첫 계단을 밟기까지 지체라곤 없다. 걸음걸음 생의 마지막 스텝을 밟는다.

계절이 바뀔 때마다 내 꿈을 구성하는 장면이자 실화이다. 늦가을 마지막 날, 어느 삼십 대 싱글맘이 어린이집에 다니던 딸과 제주도행 비행기를 탔다. 티켓은 편도행만 끊었다. 그녀는 다음 날 새벽, 딸과 함께 택시를 타고 바다로 향했다.

이튿날 함께 사는 친정아버지가 실종 신고를 하며 일련의 과정이 뉴스화되자 댓글 창에서 대다수의 사람들이 모녀의 무사 귀환을 기원했다. 하지만 일부는 "자식은 부모의 소유물이 아니다. 죽을 거면 너나 죽지 아이는 왜 데리고 가냐!"라며 그녀를 비난했다.

나는 누군가가 쓴 댓글 "저도 싱글맘이에요. 당신 마음을 알아요. 제발 살아만 있어 줘요."에 추천을 누르고 스크롤을 올렸다. 설명 없이는 어둠과의 분별이 어려웠을 사진 속 그녀를 응시했다. 그렇게 하면 흑백사진 속 모녀가 핸드폰 화면을 뚫고 나오기라도 할 것처럼 말이다. 내 바람이 이루어진다면 엄마에게는 달고 뜨거운 믹스커피를, 아이에게는 따뜻한 우유에 코코아 가루를 타서 건네줄 참이었다. 그러고선 아무것도 묻지 않고 혼자 떠들어 대는 것이다.

춥죠. 밤바다는 좀 으슬으슬하잖아요, 속초든 제주도든. 저런, 엄마 손이 얼음장이네. 컵을 이렇게 감싸 봐요. 어? 아이 손은 따뜻하네요? 엄마가 이불로 감싸 안아 그렇구나. 그렇죠. 내 아이만큼은 춥게 만들고 싶지 않지요. 저도 그랬어요. 재희가 태어난 그해의 가을 저녁…… 아, 재희는 제 딸이에요. 지금은 어린이집에 있을 시간이죠. 아이 기저귀를 갈아 주려다 말고 허둥지둥 밖으로 나갔어요. 행인을 붙들고 아무 말이나 하고 싶은 충동이 일어서요. 미친 여자처럼요. 그런데 지나가는 사람이 없었고…… 음, 그래서 다행이었죠. 그 골목도 밤바다처럼 으스스했어요. 깜박이는 가로등이라도 있기에 망정이지. 그런데 그 으스스함이라는 것이 구체적인 거예요. 내려다보니 글쎄, 슬리퍼 속 제 발이 맨발인 거 있죠.

이런, 아가야, 춥지? 하고 보니 재희는 구름 그림 담요로 감싸여서는 아기 띠에 매달려 방긋거렸어요. 발엔 수면 양말이 신겨 있었고요. 그쪽이나 나나 제정신 아닐 때도 아이의 체온만큼은 지켜 준 거죠.

거기까지 얘기하자 모녀가 사라졌다. 김이 모락모락 나는 머그잔만이 눈앞에 있다. 당신은 지금 어디에 있나. 우주를 닮은 심해를 유영 중인가. 어째서 제주도인지. 갈 수 있는 한 멀리 간 곳이 그 섬이었을까. 하긴, 누구나 제주도를 꿈꾸지. 꿈꿀 수 있고 꿈꿔도 되지. 가난할 때도 그나마 가닿을 수 있는 근사한 곳이라서. 비행기도 태울 수 있고 말이야. 부모라면 한 번쯤 아이에게 비행기를 태워 주고 싶은 법이니까. 짧은 바다라도 건너는 게 좋겠지. 아이야, 창밖을봐. 우리가 바다 위를 날고 있어.

물속으로 사라진 다른 여인을 안다. 그녀의 이름은 시엔, 반고흐의 그림 「슬픔Sorrow」의 모델이다. 고흐는 네덜란드

헤이그에 정착한 그 겨울, 거리를 헤매는 한 연상의 여인을 만난다. 매독에 걸린 데다가 알코올 중독자인 여인은 다섯 살짜리 딸을 업고 매춘으로 구한 빵을 먹고 있었다. 둘째를 임신한 상태로.

아직 제왕절개 자국이 욱신댈 때, 인터넷 서핑 중 「슬픔」과 조우하고 길게 울었다. 서른 좀 넘은 나체의 여인이 그루터기에 웅크려 앉아 있다. 세운 무릎 위로 포갠 양팔에 얼굴을 묻은 채다. 출산을 2개월 앞둔 여인의 가슴은 주위의 들꽃처럼 축 처져 있었다. 깡마른 시엔, 배만이 볼록하다. 세상을 보려 하지 않아 숨겨진 얼굴이 내게는 보였다. 삶이 고달픈 고개는 중력에 쉽게 자신을 내어 준다.

> "나는 진심으로 시엔을 좋아하고 그녀 역시 그렇다. 그녀는 나와 어디든 동행하고 있고, 나에게 없어서는 안 될 사람이 되었다. 그녀도 나도 불행한 사람이지. 그래서 함께 지내면서 서로의 짐을 나누어 지고 있다. 그게 바로 불행을 행복으로 바꿔 주고, 참을 수 없는 것을 참을 만하게 해 주는 힘이 아니겠니."
> – 반고흐가 동생 테오에게 보낸 편지 중에서

도리 없이 불행을 알아보는 건 불행이다. 그때 사랑이 시작된다. 사랑은 서로를 알아볼 때 탄생하는 별 같은 것. 불행에 불행이 더해진 값이 행복일 수 있는 까닭이다.

얼마 안 가 고흐 가족의 반대로 그들은 전보다 더 불행해진다. 형에 대한 사랑이 컸던 테오의 반대가 가장 극렬하여 연인의 동거는 1년 반 만에 끝난다.

본래 시엔은 어디서도 주인공이 아니었으므로 이별 후 고흐의 이야기만 이어졌다. 나는 시엔이 궁금하다. 다시 혼자가 된 그녀가 아이들을 데리고 어찌 살아갔을까. 점프한 그녀의 이야기가 착지한 지점에는 재봉사로 살던 시엔이 물속으로 사라졌다는 한 문장만이 남아 있다.

고흐는 「슬픔」 하단에 프랑스의 역사학자 미슐레의 문장을 적어 놓았다. '어떻게 이 땅에 여인 홀로 있을 수 있지.'

CCTV를 되감듯 시간을 돌리고 싶다. 그렇게만 된다면 나는 제주도에서 모녀가 탄 택시가 서는 지점에 미리 도착해 그들을 맞이할 것이다. 물론 재희와 함께다. 모녀에게는 우리가 미래에서 왔음을 밝힌 다음 바닷가 민박집에서 같이 놀아야지. 아침이 올 때까지 우리 모녀가 좋아하는 그림책 『바다 건너 저쪽』을 보면서.

뒷짐 진 소녀가 수평선을 바라보고 있다. 소녀의 상상 속에서 바다 건너 저쪽은 바다였다가 밭이었다가 놀이터였다가 무서운 괴물이 있는 곳이었다가 별님이 반짝이는 밤이었다가 한다. 그리고 마지막 상상.

"바다 건너 저쪽은 모래밭일까? 누군가 걸어오고 있는 것 같다. 그래서 이쪽을 보고 있을까? 내가 지금 그곳을 바라보듯이."

어느새 친해진 우리 넷. 그림책 소녀의 마지막 말을 함께 외친다.

"바다 건너 저쪽에 가 보고 싶어!"

조금 특별한
가족의 탄생

"여보세요, 119죠! 그러니까 여기가 어디냐면요⋯⋯."

크리스마스를 며칠 앞둔 작년 12월이었다. 그날 우리 모녀는 합정역에서 '은옥 엄마'를 만나 점심을 먹었다. 그녀는 바로 나의 시엄마, 시어머니다. 특별한 일은 아니다. 전 시부모님과는 한 달에 두세 번 시간을 보내 왔으니까. 해서, 영화 「그렇게 아버지가 된다」의 료타와 케이타 부자처럼 두 분과 나는 피가 섞이지 않았음에도 부모 자식 사이가 되어 버렸다. 누군가는 신기해하고 당사자들에겐 자연스러운 관계, 독특한 가족의 탄생이다.

그런데 시청역 지하철에서 내리자마자 은옥 엄마가 플랫폼 벤치에 쓰러졌다. 그녀는 속이 울렁거리고 눈앞이 새하얗다고 했다. 119 센터에서는 연말이라 최대한 가까운 소방서의 구급차를 보내도 20분은 걸린다고 했다. 구급차를 기다리는 20분은 억겁의 시간이었다. 은옥 엄마와 재희가 불안해할까 봐 짐짓 태연한 표정으로 곁을 지켰으나 바들바들 떨리는 내 몸만은 통제권 밖이었다. 다행히도 구급 대원들이 도착할 때쯤 은옥 엄마는 안정을 되찾았고, 간단한 질의응답 후 우리는 다시 은옥 엄마 집으로 향할 수 있었다. 지상으로 나오자 캐럴이 울려 퍼졌다.

택시를 탔다. 재희와 은옥 엄마 사이에 앉자마자 눈물이 터지려 했다. 그때 은옥 엄마가 내 무릎에 머리를 베고 누웠고, 나는 엉거주춤 오른손으로 그녀의 등을 토닥였다. 그 순간 그녀는 내 아기였다. 도리 없이 나는 고요히 울었다. 무서웠다. 은옥 엄마가 죽는 줄만 알았다. 플랫폼 벤치에 앉아 있는 동안 '은옥 엄마가 사라지면 나는, 나는 이제 어떡하지?' 이 생각뿐이었다. 나는 우주 제일의 이기적 인간이다.

결혼하고 남편보다는 시어머니로 인해 행복했다. 우리 고부는 죽이 잘 맞았다. 극장으로 서점으로 전시회장으로 같이 잘도 다녔다. 은옥 엄마에겐 지병이 있었나니 그 병명은 '다정'이었다. 역정 내는 법 없이 미소로 자식을 품는 그녀는 천사였다.

그런 은옥 엄마가 자식에게 화내는 걸 딱 한 번 목격했다. 남편이 이혼을 선언하자 퇴근길에 우리 집으로 찾아온 것이다(은옥 엄마는 일흔을 앞둔 지금까지도 일하는 멋진 여성이다).
은옥 엄마는 들어오자마자 거실 창문을 닫았다. 그리고 통
곡했다. 네가 어떻게 그럴 수 있냐면서 아들을 붙들고 소리
치는데 내 눈엔 그게 통곡이었다. 그녀는 화내는 데 서툴렀
고 엄마 잃은 아이처럼 울었다. 아기를 안고 그 모습을 지켜
보던 나는 남편의 이혼 선언 후 처음으로 나 아닌 다른 이에
게 연민을 품었다. 화도 잘 못 내는 시어머니가 안쓰러웠다.
꼭 나 같았다.

　우리 만남은 재희가 조부모님의 사랑을 누려야 한다는 명
목으로 이루어지지만, 다른 숨은 이유도 있다. 이혼 직후 얼
마간 내 마음이 열리지 않았으므로 두 분이 손녀를 보고자
하면 재희만 보냈다. 두 분을 보면 재희 아빠가 떠올라 괴로
웠다. 두 분은 한때 한 서류 안에 존재했던 나의 눈치를 살
피면서도 계속해서 손을 내밀었다. 시간이 흘러, 마음이 이
끄는 대로 나를 내버려 두기로 하자 내 두 다리는 성큼성큼
두 분에게로 걸어갔다. 나는 은옥 엄마 밥을 먹겠다고 딸을
앞세워 전 시댁을 찾아갔다. 은옥 엄마 밥상 앞에서 버리는
자존심은 아깝지 않았다.

　기묘한 이 가족은 8년 동안 안 해 본 게 없다. 함께 다닌
여행, 대공원 소풍, 수목원 나들이, 맛집 탐방 등 아버님의
구형 하늘색 SM5를 타고 그야말로 하늘을 날 듯 하하 호호

즐거운 비행을 해 왔다. 뒷좌석에 재희와 나란히 앉아 아버님이 틀어 주는 동요를 따라 부르다 보면 딱 엄마 아빠랑 소풍 가는 기분이 든다. 그때만큼은 모녀는 자매가 된다.

함박눈이 내리던 몇 해 전 겨울날, 그날도 나는 재희의 손을 잡고 은옥 엄마에게 향했다. 은옥 엄마에게 가려면 경복궁역에서 마을버스를 타고 인왕산 수성동 계곡 쪽으로 올라가야 한다. 거기가 종점이다. 가파른 언덕에 주차한 마을버스에서 내린 모녀의 몸은 여전히 기울어져 있다. 잽싸게 우산을 폈다. 눈발이 거세 한 치 앞이 안 보였다. 이제 5분 정도 언덕을 오르내리고 해야 은옥 엄마 집이 나올 터였다. 이런 날은 길에 사람이 없다. 오직 눈, 눈, 눈.

"엄마, 눈이 자꾸 내 눈으로 들어와, 헤헤." 재희만 신났다. "재희야, 엄마 손 꼭 잡고 천천히 걸어야 해." 아이의 잡다한 물건이 잔뜩 든 배낭을 바투 메고 한 걸음 옮겼을 때였다. 눈보라를 헤치고 우산 하나가 걸어온다. "얘들아!" 하고 소리치는 우산은 없을 테니, 불투명 속에서 모습을 드러내는 사람은 그녀, 언제나 은옥 엄마다.

나는 어버이날이나 생신 때 카드를 써 드리는데 그때마다 우리 곁에 계셔 주셔서 감사하다는 말을 잊지 않는다. 그런 날이면 잠들기 전 은옥 엄마로부터 문자가 온다.

'재희랑 네 덕에 우리 부부가 웃고 산다.

너희가 없었으면 얼마나 쓸쓸했을까.

나도 고마워. 사랑해.'

은옥 엄마에겐 내가 눈보라를 헤치고 걸어온 사람이었다. 우리는 눈보라 속에서 서로에게 가는 줄도 모르고 걸어와 마주쳤다. 어색했으나 하여튼 둘은 서로 다가갔고 마침내 마주친 그 순간, 두 여자는 팔짱을 끼고 같이 걸었다. 팔짱은 고리다. 입장의 차이와 갈등을 벗어던진 여성의 연대! 어디든 그들이 가는 곳이 옳은 방향이었을 것이다.

역시 그랬다. 나쁘기만 한 일은 없다. 소멸과 탄생은 동시에 이루어진다. 초신성이 폭발한 순간 지구의 역사가 시작됐고, 혼인 서약서의 소멸이 새 가족을 탄생시켰다.

이 가족은 지금 과천 국립현대미술관에 가는 길이다. 나는 오늘도 재희랑 자매처럼 앉아 두 분의 뒷머리를 보고 있다. 8년 전보다 머리숱이 줄었다. 빈 정수리에 당신들의 아들 얼굴이 둥실 떠오른다. 얼마나 보고 싶으실까. 그 순간 아버님이 농담을 던지고 모두 깔깔 웃는다. 농담 같은 가족, 이보다 더 좋을 순 없다.

손으로만 펴도 반듯해지는

송어랬나 숭어랬나. 송어다. "내 곡이 겨우 세탁기에서 흘러 나온다고?" 무덤에서 뛰쳐나오는 슈베르트를 상상해 본다. 세탁기가 빨래를 끝냈다고 송어를 노래한다. 송어를 들으니 송어가 먹고 싶다. 엄마를 따라서 잘하는 횟집에 간 적이 있다. 아는 사람만 가는 맛집, 산속에 있는 그런 곳. 송어회는 빛깔이 고운 연어 같고 쫄깃했다. 송어 튀김은 다 마른 흰 수건처럼 보드랍게 바삭했다.

　빨래를 끄집어내 탁탁 털었다. 레이스 달린 재희의 원피스를 집어 드니 오늘도 어김없다. 은옥 엄마의 조심스러운 미소와 말씨가 동시에 떠오른다. 내 가슴으로 화살 하나가 날아와 박히려다 촉이 뭉툭해 실패한다. 나는 방바닥에 떨어진 화살을 집어 그것들만 모아 둔 꽃병에 꽂는다. 꽉 찼네. 병을 하나 더 사야겠어.

2014년 초가을.

'소영아, 우리 왔어.' 현관문 너머 들리는 시부모님 목소리. 당신 아들이 갓 태어난 딸을 두고 집 나간 판국에 왜 오시는 건지. 기다리고 기다리던 손녀의 탄생이 두 분에게 어떤 의미인지 모르는 바 아니지만, 알 바 아니기도 했다. 그러나 나는 문을 열고 "오셨어요."라고 인사한다.

나는 무생물이어서 표정이 없다. 미소 장착 가면이 어디 갔나 그것도 모르겠고, 다만 아기를 안겨 드리고 방으로 들어갈 순 있다. 벽을 보고 누워 있는데 거실에서 웃음소리가 들려온다.

"아유, 우리 재희 또 이만큼 컸어요? 여보, 당신 보고 웃는 것 같은데?"

웃음소리가 간간이 이어졌다. 20분 정도 흘렀나. 목소리가 들려온다.

"소영아, 이제 우리 갈게. 이걸로 뭐라도 사 먹으렴. 필요한 거 있음 꼭 말하고."

어머님에 이어 아버님이 말씀하신다.

"너는 좋겠다. 이런 천사를 매일 보고 살아서."

'네?' 이번엔 대답하지 않고 한숨만 푹 내쉬었다. 내 성정으로 할 수 있는 최대 반항이다. 그 말이 오래갔다. 분유를 타다가, 가슴에 깔때기를 대고 유축하다가, 아기가 자는 동안 번개 샤워를 하다가, 번개 샤워 도중 아기 울음에 비누칠한 채로 뛰쳐나오다가, 젖병을 솔로 닦다가, 기저귀를 갈다가, 하여간 시시때때로 불쑥 불덩이가 치솟았다.

이혼하고 얼마 후, 재희랑 전 시부모님 댁에서 시간을 보내고 왔다. 밤에 자려는데 카톡이 울린다.

'소영아, 자니? 와 줘서 고마워. 그리고 재희 옷 중에 레이스 달린 것들 있잖아. 걔네는 빨래 널 때 털지만 말고 손으로 레이스를 꼼꼼히 펴 준 다음에 옷걸이에 걸어 널렴. 그러면 펴진 채로 말라.'

카톡을 확인하자마자 입혔던 재희 옷을 살폈다. 목 부분 레이스가 돌돌 말려 들어가 있었다. 밑바닥에서부터 뭔가 치밀어 올랐다. 동시에 아버님이 몇 달 전에 해맑게 두고 간 그 말, 이런 천사를 매일 보고 살 수 있어서 좋겠다던 말이 떠올랐다. 이 말과 저 말이 마구 뒤섞이더니 마침내 한 덩이가 되어 내게로 날아왔다. 난 그것을 피하지 않고 잡았다. 잡힌 덩어리는 내 손에서 발화됐다. 활활 타오른 나는 대화창에 장문의 답을 고속으로 써 내려가다가 마침표를 찍기전 싹 다 지웠다. 뭐가 이리 구차해? 몇 번 크게 숨을 내쉬다가 하나의 문장만을 전송했다.

'앞으로 구겨진 레이스 보시면 그냥 그러려니 하세요.'

카톡은 더는 울리지 않았다.

재희의 원피스를 든 오늘의 내가 한숨만 푹푹 쉰다. 저릿하다. 왜 그렇게 대꾸했을까. 그냥 "네." 하지. 안 그래도 당신 아들이 그런 식으로 떠나 면이 안 섰을 분께 왜 그렇게.

유니콘이 그려진 원피스 양어깨에 날개처럼 레이스가 달려 있다. 위에서 아래로 손가락을 움직여 돌돌 말리고 구겨진 것을 폈다. "소영아, 레이스는 이렇게 손으로만 펴도 펴진단다." 은옥 엄마 목소리가 들려온다. 오늘도 나는 은옥 엄마의 구겨진 마음을 공들여 펴 본다. 고르고 판판하게.

헤픈 사랑, 헤픈 엄마

이따금 저녁을 먹으면서 TV를 본다. 그날 저녁 재희가 선택한 영상은 「코타로는 1인 가구」라는 일본 애니메이션이었다. 제목만 보면 혼자 사는 성인의 이야기일 듯싶지만 코타로는 네 살배기 남자아이다. 원룸 아파트로 이사 온 코타로는 어떤 연유에서인지 홀로 살아간다. 코타로의 생활력이란 또 얼마나 강한지 옆집 만화가 청년보다 어른스러울 때가 많다. 그렇다 한들 코타로는 네 살. 혼자 자기 무서워하고 만화 속 영웅에 열광하는 꼬맹이다.

달걀말이를 오물거리면서 "맛있다, 만화 재미있다"를 연발하던 재희가 별안간 벌떡 일어났다! 코타로의 회상 장면에서였다.

코타로와 엄마가 식탁에 마주 앉아 있다. 엄마에게 폭력을 행사한 아빠를 코타로가 경찰에 신고한 지 얼마 안 된 시

점 같다. 엄마가 낮게 입을 연다. "코타로, 실은 엄마 말이
야, 아빠랑 헤어졌어." 흐느껴 우는 엄마와 달리 연신 음식
만 입에 넣는 코타로. 엄마가 트렁크를 끌고 현관으로 향한
다. 코타로가 돌아보지 않는 엄마에게 묻는다(코타로는 좋아
하는 만화 캐릭터를 따라 사극 말투를 쓴다).

"어디 가는가?"

"잘 들어. 엄마가 없어도 잘 살아야 해. 그러다 보면 언젠
가 엄마가 돌아올 거야. 알았어?"

"…… 알았네."

돌기둥이 될 것도 아닌데 코타로의 엄마는 끝내 뒤돌아보
지 않고 마지막 한 마디를 남겼다.

"그러니까 잘…… 살아가야 해."

회상 장면이 하얗게 사라지기도 전, 재희가 길길이 날뛰
며 불같이 화를 냈다. "어떻게 혼자 떠날 수가 있어?" 얼굴
이 벌겋게 달아오른 재희의 목소리가 떨렸고 그 모습을 보
는 내 눈이 커졌다. 처음 보는 재희였다.

"엄마는 나만 두고 어디 안 가지, 응?" 내 품으로 달려 들
어온 아이가 시선을 맞추고 다짐을 요구했다. 눈 한 번 깜박
하면 재희의 눈동자에 담긴 내가 눈물을 타고 떨궈지리라.
아이 머리를 쓸어 주며 나는 그때 무어라 했던가.

"재희야, 엄마랑 아빠도 코타로 부모처럼 헤어졌지만 네

옆에는 항상 누가 있었던 것 같은데?" 재희는 망설이지 않고 "엄마, 엄마가!" 했다. "그래. 엄마는 언제까지나 재희 곁에 있을 거야. 매일 아침 뜨는 해처럼." 내 등을 감싸 안은 작은 두 손에 힘이 들어갔다.

설거지 내내 갖은 상념이 일었다. 그때 난 갓 태어난 아기를 데리고 한 부모로 살 자신이 없어서 "재희는 내가 키우고야 말겠어!"라고 처음부터 큰소리치지는 못했다. 그나마 아이에게 덜 미안한 지점은 망설임이 짧았다는 데 있다. "인생길 까짓거 둘이 함께라면 문제없어. 우리가 바로 무적의 모녀다. 가자, 재희!" 결정이 연료가 됐다. 나로, 우리로 살기 위해 재희를 어부바한 내가 미지의 목적지를 향한 여정을 시작했다. 뚜벅뚜벅, 성큼성큼, 때로는 우다다다.

달걀말이 접시를 헹구며 생각했다. 조금 전 재희의 분노와 불안에 나도 일조했을까? 아이의 심연에 자신을 떠난 아빠가 살고 있을까? 나는 어떤 엄마지? 아이 곁을 지키는 것만으로도 충분하다지만 이상적인 엄마 상을 설정해 실천한다면 더 활기차게 지낼 수 있지 않을까? 순간 머릿속에 얼굴 하나가 둥실 떠올랐다.

영화나 드라마 인물 소개란에서 한 배우의 이름을 발견하면 든든한 보험에 가입한 듯 편안해진다. 악역을 맡아도 선함이 묻어나는 그 배우의 이름은 황우슬혜. 영화「미스 홍당무」로 데뷔한 그녀는 단막극 「조금 야한 우리 연애」에서 인상적인 캐릭터를 연기했다. 그녀가 내 마음에 콕 박힌 순간이 있다.

속초 MBS 프로그램의 PD와 리포터로 만난 동찬(이선균)과 모남희(황우슬혜)는 매일같이 티격태격하다가 사랑에 빠진다. 정 많은 모남희는 성별 불문하고 동료들에게 김치며 잠자리며 하여간 퍼 주기 일쑤다. 이에 질투 난 동찬이 남희에게 빈정댄다.

"좀 헤픈 거 알죠? 박애주의자야, 뭐야!"

"넌 그렇게 고결하냐? 넌 한 번도 안 헤퍼 봤어? 그럼 그게 잘못된 거니? 누가 사랑을 그따위로 자기 것 다 움켜쥐고 한대니, 싸가지 없게."

"헤픈 게 사랑이니?"

"헤픈 게 사랑이야! 이 바보 천치야!"

2010년, 본방 사수 중이던 나는 남편에게 저것 보라며 큰소리쳤다. "자기가 나한테 고백하면서 했던 말 기억나? '우리 사귀어요. 그런지 아닌지 모르겠지만 누나가 헤픈 사람만 아니라면 좋겠어요.' 그랬잖아. 난 그 말이 불편했어. 들었지? 헤픈 게 사랑이야!"

그래, 헤픈 엄마가 되자! 마구 헤퍼져서는 엄마가 짐 싸서 떠날지도 모른다는 불안감 따위 자식에게 안겨 주지 않겠다! 빛의 속도로 고민거리를 해결하다니, 거만하게 웃으며 개수대를 정리하는데 이런, '멍때림'이 찾아왔다. 새로이 할 게 없었다. 재희에게만큼은 늘 헤퍼 온 나다. 재희도 나에게 헤퍼 왔고, 반려견 쪼꼬와도 서로 그래 왔다. 헤픔을 나누어도 각자의 내면엔 홀로 남을 것에 대한 두려움이 상주한다.

꼬맹이 코타로는 비 오는 날이면 지하철역으로 나가 우산 없는 이에게 우산 씌워 주는 이벤트를 연다. 우산 없는 이를 바래다주는 코타로의 한쪽 어깨가 젖어 들고, 아이는 그런 자신을 자랑스러워한다. 과거에 코타로에게 우산 씌워 주던 아빠의 한쪽 어깨도 그러했다. "아빠의 어깨가 젖었어, 어떡해?" 걱정하는 아들에게 아빠가 말한다. "아빠는 괜찮아. 참, 우산을 씌워 줄 때 중요한 게 뭔지 알려 줄게. 상대방을 생각하면서 우산을 씌워 주는 거야. 젖은 어깨는 상대방을 생각했다는 증거지." 코타로는 훗날 부모님과 우산을 쓰게 된다면 자신의 젖은 어깨를 보여 주리라 다짐한다.

재희의 세상도 맑았다 비 왔다 반복일 것이다. 재희 월드에 우기가 시작되는 날, 나는 굳이 하나의 우산만 챙겨 아이에게 달려갈 것이다. "엄마가 너무 늦진 않았지?" 미안한 표정을 짓고 재희에게 우산을 기울여 씌운 다음 내 한쪽 어깨를 헤프게 사용하련다. 아이가 내 젖은 어깨를 걱정하면 나는 하하 웃으며 "괜찮아. 네 어깨가 뽀송뽀송하니까 그거면 됐어." 하고 사랑을 생색내야지. 그런 우리를 상상하는 지금, 재희의 한탄이 들려온다. "에휴. 작년 내 생일 때 보고 못 봤네. 아빠 말이야. 아빠는 내가 보고 싶지도 않나?"

작년 재희의 생일 이후 지구가 태양 한 바퀴를 거의 다 돌았다. 재희는 하루 동안 자신에게 헤퍼질 아빠를 기다리고 있다. 아주 오래전부터.

So what?
어쩌라고!

"내가 아는 한, 내가 바로 세계 역사상 첫 번째 싱글맘일 거예요."

캐나다 실버 스포츠계의 스타이자 나의 롤 모델인 올가 코텔코Olga Kotelko의 말이다. 『젊어서도 없던 체력 나이 들어 생겼습니다』라는 책에서 올가를 처음 만났다. 구십 대까지 최고의 육상 선수로 활약했던 올가의 놀라운 신체 비밀을 추적한 책이다.

올가는 77세 때, 35세 이상만 참가 가능한 마스터즈 육상 대회에 처음 출전했다. 2014년 95세의 일기로 생을 마칠 때까지 30개 이상의 세계 기록을 갈아치우고, 750여 개 금메달을 목에 걸었다. 세간의 관심은 그의 경이로운 체력에 쏠렸으나 나는 '싱글맘' 올가에 집중했다. 오, 이토록 고저스한 싱글맘이라니, 나도 올가가 되어야지!

올가의 배우자는 술주정뱅이, 바람둥이, 폭력 남편이었다. 결혼 10년째 어느 밤, 그가 올가의 목에 칼을 들이댔다. 딸 나딘을 데리고 최소한의 짐만 챙겨 달아난 올가는 서부행 기차에 몸을 실었다. 올가의 배 속엔 둘째 딸이 자라고 있었다. 1950년대 캐나다 시골에서 아내가 남편을 떠난다는 건 있을 수 없는 일이었다. 자신이 '역사상 첫 번째 싱글맘'이라는 올가의 발언은 사실 여부를 떠나 그녀에게만은 진실이다.

나도 부리나케 재희를 안고 나가 택시를 잡아탄 경험이 있다. 올가의 도주와 모양새만 비슷할 뿐, 내 도망의 이유는 부끄럽기만 하다. 택시 타기 10분 전, 별거 중이던 남편에게서 남은 짐도 챙길 겸 할 얘기가 있으니 잠시 집에 들른다는 문자를 받았다. 이혼을 서두르는 그와 다르게 나는 마음의 준비를 하지 못한 상태였다. 아기랑 둘이 살아갈 자신이 없었던 나는 그가 오기 전에 기저귀 가방만 챙겨서는 헐레벌떡 뛰쳐나갔다. 가장 후회하는 순간이다. 그때로 돌아가 상황을 바꾸고 싶다. 위풍당당 그를 맞이하고, 짐 챙기는 그를 거들고, 법원 약속도 잡는다. 마지막으로 돌아오지 않을 그의 뒤통수에 대고선 잘 가, 손을 흔든다.

올가는 언니네 집으로 들어가 둘째 딸을 출산했다. 공장에서 일하며 야간 대학을 다녔고 고생 끝에 교육학 학사 학위를 땄다. 세 모녀가 다시 행복해지는 데 남편과 아빠는 필요치 않았다. 저자는 그녀의 진취적 행보를 역경설Adversity Hypothesis로 풀이했다.

"역경설은 회복탄력성Resilience이 학습될 수 있다는 가설이다. 역경을 맞닥뜨리고 극복하는 경험을 통해 이를 극복하는 방법과 힘을 얻게 된다."

서울 속초 간 고속도로에 있는 63개의 터널이 내 길에도 있었다. 터널 하나를 겨우 통과하면 얼마 안 가서 터널이 또 나왔다. 욕 나온다고 통과를 안 할 수도 없다. 다행히 불행 속에도 행운은 있었다. 터널들은 쌍둥이처럼 닮아 있었다. 통과할 때마다 시간이 단축됐다. 헛! 헛! '도장 깨기' 하듯 터널을 통과했고, 어느 순간엔 나도 올가처럼 신기록을 세우게 됐다.

그 결과, 현재의 나는 재회와 일상을 영위하고 있다. 일상은 거저먹을 수 없다. 나의 실존이 역경설의 근거다. 역경설은 모든 인간에게 적용할 수 있다. 역경 없는 인생은 없으니까. 여기에서 나는 하나를 더 배운다. '싱글맘'이라는 틀에 나를 가둘 필요가 없다는 것. 누구나 비혼, 사별, 이혼 등으로 싱글맘 타이틀을 얻을 수 있다. 그때는 어깨를 으쓱이면서 짧은 영어 한번 외쳐 주면 그만이다.

"So what? 어쩌라고!"

나는 올가 코텔코가 '어쩌라고 정신'의 대가였을 거라 확신한다. 누구나 구사할 수 있는 기술이다. 아흔네 살에 육상 대회에 나가는 사람은 드물어도 누구나 십수 개의 터널은 통과하니까. 통과는 통과로서 의미를 갖지 '멋지게' 따위의 수식어는 필요 없다.

올가 코텔코 여사가 하늘에서 잠시 내려와서는, 이렇게 잘 알면서도 때때로 방황하는 내 등을 쓸어 주고 한 말씀 남겼다.

"오늘이 괜찮기에 내일도, 앞으로도 괜찮을 겁니다. 만약 예상치 못한 어떤 일이 일어난다 해도, 그냥 받아들이고 앞으로 계속 나아가요."

너도 할 수 있어,
1급 기능사

아무도 모르는 나의 취미 하나를 자백하고자 한다. 왜 자백이냐면, 취미를 즐기는 모양새가 영락없는 염탐꾼이어서다. 하지만 염탐꾼이라니 가당찮다. 나는 그저 그곳에 있는 다섯 글자를 확인하고 돌아설 뿐이다. 그 다섯 글자는 몇 개의 질문과 함께 찾아왔다.

어느 날, 핸드폰이 울렸다. '어린이집?' 엄마들은 화면에 어린이집이나 학교 전화번호가 뜨면 우선 '덜컹!' 한다. 원장 선생님? 여, 여보세요?

"재희한테 무슨 일이라도 생겼나요?"

"그게 아니라 지금 바로 ○○재단에 가 보시라고 연락드렸어요."

"네? 거기를 왜요?"

"출산 휴가로 공석이 났대요. 재희 어머님, 면접 보러 한 번 가 보셔요."

갑작스러웠다. 한 부모를 돕겠다고 원장 선생님은 본인의 정보력을 동원해 내가 바란 적 없는 친절을 베푼 것이다. 당황했고, 내키지 않았지만 갔다.

재단 사무실로 들어가니 대표로 보이는 중년 남성과 여직원 한 명이 있었다. 대표는 입으로만 미소를 장착하고 재단 소개를 시작했다. 간단히 말하자면 부자들이 불우한 청소년을 지원하는 재단이었다. 대표는 면담 끝에 다음 날부터 출근하길 요청했다.

결과적으로 그는 나를 뽑지 않았다. 대표의 마지막 질문 때문이었다. 한 달에 두 번 정도 야근을 해야 하는데 남편이 아이를 볼 수 있냐 묻기에 싱글맘이라서 남편이 없다고 대답했다. 그러자 그의 태도가 순식간에 뒤집혔다. 웃음과 함께 남은 질문을 거둔 그는 함께 일하기 어렵겠다며 내 앞의 커피 잔까지 거두어 갔다.

내심 기뻤고 버스 정류장에 도착할 때쯤엔 울적해졌다. 버스 두 대를 보내고 천천히 걸어갔다. 기뻤던 이유는 대표의 어떤 말이 내 말초 신경을 건드렸기 때문이다. 재단 설명을 신나게 하던 그가 말을 멈추더니 '사모님들에게 잘 보이면 콩고물을 얻을 수 있다.'라고 내게 속삭였다. 울적했던 이유는 까여서가 아니다. 싱글맘 소리를 듣자마자 달라진 상대의 태도에 나는 피유피유 쪼그라든 풍선이 됐다. 불우해졌다.

집 앞까지 와서는 발길을 돌려 뒷산으로 향했다. 이대로 들어갔다가는 가슴이 터지리라. 내 동네라 뒷산이라 부를 뿐 '봉산'이라는 어엿한 이름을 가진 산. 뾰족구두를 신고 정상에 올랐다. 나란히 서 있는 봉수대를 보면서 과거의 고독한 군인을 생각했다. 내가 여기에 불붙이면 남산타워의 누군가가 손이라도 흔들어 주려나.

다시 자문했다. "어떻게 살아야 사람답게 사는 거지?"

나는 '그러게 왜 싱글맘이라는 사실을 밝혔냐.'라는 원장 선생님 문자를 다시 읽고선 욕을 해 댔다. 절벽 난간에 매달려 먼 한강을 보다가 하산했다. 내려가는 게 더 힘들었다.

산을 벗어나면 두 갈래로 나뉘는데 그날따라 나는 낯선 길을 택했다. 한참을 걸었다. 물집 잡힌 발을 구두에서 반만 빼 삐딱하게 서 있으려니 눈앞에 허름한 이발소가 보였다. 유리창에는 주인의 솜씨인 듯 일정하지 않은 크기의 흰색 스티커 글자가 아치형으로 붙어 있었다. '헤어, 컷트, 염색, 면도'……. 보통의 이발소 문구였다. 그런데 그 밑으로 글자가 더 있었다.

'1급 기능사.'

울컥했다. 천문대에서 토성을 관측했던 순간 같기도, 선생님 통솔하에 친구들과 손잡고 산책하는 재회 무리를 마주쳐 후다닥 전봇대 뒤에 숨어 훔쳐볼 때의 마음 같기도 했다. 여하튼 정체가 불분명하나 '1급 기능사'가 심연의 무엇을 깨운 것만은 확실했다.

기능사는 수준 높은 숙련 기능을 가진 이에게 부여하는 국가 기술 자격으로, 1973년에 생겨났다. 5개 등급(기술사, 기능장, 기사, 산업기사, 기능사) 중 최하위이면서 유일하게 자격 제한이 없는 등급이다. 지금은 기능사는 있되 '1급' 기능사는 없다.

여기서부터는 순전한 내 상상이다. 이발소 주인은 나이가 꽤 지긋한 분일 것이다. 그 옛날, 합격증을 들고 뛰쳐 들어온 이발소 주인은 가장 높은 등급의 기능사를 취득했다며 어머니와 아내를 안고 덩실덩실 춤췄을지 모른다. 이후 가장들의 깎여 나간 머리카락과 수염이 그의 처자식을 먹여 살렸을 것이다. 그러니 제일 잘 보이는 곳에 '1급 기능사'를 어찌 안 써 붙일 수 있겠는가. 행인들이시여, 내가 바로 1급 기능사올시다!

그때부터 아치형의 '헤어, 컷트, 염색, 면도'가 학익진으로 보였다. 시련과 고난으로부터 1급 기능사를 보호하는 학익진.

사람다운 삶은 나를 자랑할 때 완성된다. 타인의 인정을 업은 자랑이 아닌 자부심 말이다. 1급 기능사를 따는 데 자격 제한이란 없다. 나도 그것이 될 수 있고 반 정도는 이루었다. 내가 선택한 인생, 딸과 둘이 유머력을 단련하며 살아가는 자체가 나의 자부심이니까!

나는 이제 동화 작가가 꿈이라고 당당히 말한다. 플래너리 오코너Flannery O'Connor의 단편 「좋은 사람은 드물다」 같은 소설을 쓰고 싶어 했던 나는 매일 밤 재희에게 책을 읽어 주다가 동화에 빠졌다. 재희도, 내 안의 아이도 동화 듣기를 좋아했다. 누구나 마음속에 아이 한 명씩은 데리고 산다. 끝내주게 재미있는 이야기를 써서 어른과 아이 모두를 환상의 세계로 초대하고 싶다.

오늘도 작가계의 1급 기능사를 꿈꾸는 백조 한 마리가 목표를 향해 헤엄쳐 가고 있다. 우아한 척 물밑의 발은 부산스럽다. 목표도 나를 향해 오고 있다. 목표와 헤엄이 서로를 기다린다. 망부석의 기다림이 아니라 엉덩이의 힘으로 우직하게 나아가는 기다림이다. 물론 나아감이 성공을 보장하진 않는다. 아무것도 이루지 못할 수도 있다.

참, 1급 기능사의 조건이 아예 없진 않더라. 그럼에도 포기하지 않기. 포기하지 않는다면 '멋진 인간 되기'만큼은 떼어 놓은 당상이다.

착함은 소중함을 지키는 능력

언젠가부터 나는 타인에게 착하다는 말을 건네지 않는다. '착하다.'라는 말은 사전적 의미대로 곱고 어진 단어이지만 요즘은 주관 없고 무능한 사람이나 예쁘거나 몸매 좋은 사람, 이득을 주는 물건 앞에도 쓰인다. 괜한 오해를 받고 싶지 않다. 그러나 나는 그 말이 좋다. 누군가 착하다고 내게 말해 준다면 나는 그 사람을 좋아하게 될 것이다. 「나의 아저씨」에서 지안이 그랬듯이.

지안(이지은)은 할머니를 보호하려다가 사람을 죽였다. 정당방위였지만 자신이 살인자라는 사실은 변하지 않는다는 것을 아는 지안. 갖은 아르바이트를 하면서 듣지 못하고 거동이 불편한 할머니를 모시고 살아가는 지안에게 직장 상사인 동훈(이선균)이 그녀의 눈을 보며 말한다.

"착하다."

지안은 자기가 죽인 사채업자의 아들에게 흠씬 얻어맞고 선 집 앞 계단에 웅크린다. 그녀는 동훈의 음성 파일을 반복해 듣는다. 헝클어진 머리, 상처투성이의 자그마한 지안이 듣고 또 듣는 그 말. 착하다, 착하다, 착하다고 말해 주는 사람은 고맙다고도, 미안하다고도 말해 줄 수 있는 사람이다. 기본적인 인사이지만 어떤 사람은 들어 보지 못한 말이다. 그것은 선을 판결하거나 종용하는 말이 아니다. 나만은 너를 안다고 알려 주는 말이다. 나는 너를 이제 알아. 알게 되면 그때부터는 네가 무슨 짓을 해도 난 네 편인 거야.

몇 년 전, 어린이집 하원 길에서 재희가 걸음을 멈췄다. 아이는 내 다리를 껴안고 흐느꼈다. 사건의 전말은 이러했다. 어린이집에서는 원아의 생일을 챙긴다. 그날의 생일 주인공 우진에게 선생님이 뭐든 마음대로 할 수 있는 '왕'의 권한을 주었고, 댄스 타임이 되자 우진이가 손가락으로 재희 외 두 명을 가리키며 그 셋만 춤을 못 추게 했다는 것.

"나도 춤추고 싶었는데 의자에 앉아서 구경만 해야 했어. 참, 우진이가 음료수도 마시지 말라고 했고, 펭수 케이크도 펭수 코 부분만 먹으랬어."

"저런, 우리 재희 무안하고 화났겠다. 선생님께 얘기 안 했어?"

"엄마, 왕 게임에서는 왕이 하라는 대로 해야 착한 백성이 랬어."

저녁을 차리는데 연속으로 문자가 왔다. 재희와 함께 음료수도 못 마시고 의자에 앉아만 있었던 두 친구의 엄마들이 속상함을 토로했다. 모두가 같은 마음이었다. 아이를 씻기고, 재우고, 일련의 일을 할수록 체온이 상승했다. 얼굴이 뜨거워졌고 종국엔 두통에 시달리는 지경에 이르렀다. 나는 책꽂이에서 아무 연습장이나 뽑아 한 장 북 뜯었다. 식탁 위에 종이를 놓고 그 옆에 가진 것 중 제일 필기감 좋은 볼펜을 두었다. 나는 등받이 없는 의자를 끌어다 앉아 잠시 그것들을 노려보다가 뜯긴 부분에 자를 대고 사무용 칼로 깔끔하게 다듬었다. 소등 후 램프 하나만 켰다. 분노가 동력일 때의 나는 보통 때와는 완전히 다른 인간이다.

다음 날, '선생님께'로 시작하는 앞뒤 꽉 채운 한 장의 편지를 어린이집 알림장에 책갈피인 양 끼워 보냈다. 선생님의 노고를 기리는 감동의 문장으로 시작하는 그 편지는 담백한 항의서였다. 물론 '담백한'은 자평일 뿐 선생님은 언짢았을 것이다. 형식이 핵심이니까. 번호를 매기며 써 내려간 구구절절 항의서는 한 문장으로 요약할 수 있다.

"원아 간 수직 관계를 '굳이' 조장하는 왕 게임이 생일 선물로는 온당치 않으므로 중지를 촉구하는 바, 더불어 우진의 사과를 요구합니다."

왕 게임은 사라졌고, 재희의 상처에 연고가 발라졌다. 사과를 받아 상쾌해진 얼굴로 "엄마!" 하고 달려 나오던 재희가 생생하다. 하원길에 문방구 쇼핑을 하면서 아이에게 말했다.

"재희야, 진짜 착한 게 뭔지 알아? 무조건 네! 하지 않고, 아닌 건 아니다! 자기 목소리 내는 거. 그래야 나와 소중한 사람을 지킬 수 있어."

"사실은 나도 음료수랑 펭수 케이크 먹고 싶다고, 춤추고 싶다고 우진이에게 말하려 했어. 그런데 말하려고만 하면 눈물이 나와서 못 했어."

"엄마도 눈물이 말보다 빨라. 그래서 자꾸 연습했더니 어느 날 목소리가 눈물을 박차고 나오더라? 그럼 엄마가 내는 퀴즈 맞혀 봐. 우리가 제일 먼저, 최고로 착하게 대해야 할 사람이 누구-게?"

"음……. 나 자신?"

맞다! 재희에게 말해 준 착함의 조건은 나에게 한 당부이기도 하다. 나와 재희를 수호하려면 마냥 순해서는 안 된다. 분별력 있는 독함, 그것이 착함이자 소중함을 지키기 위한 능력이다.

아푸아푸 수족관

이혼하고도 나는 수시로 인왕산을 배산背山으로, 수성동 계곡을 임수臨水로 둔 은옥 엄마네로 향했다. 재희를 업거나 손을 잡고 언덕을 낑낑대며 올랐다. 땀을 흘리면서도 얼굴은 웃고 있었다. 도착만 하면 행복 시작이니까!

그곳에 도착한 순간부터 나는 아무것도 안 한다. 입만 쩍쩍 벌리면서 은옥 엄마가 해 주는 연어구이, 소고기미역국, 훈제 오리볶음, 동치미, 두부부침을 차례대로 배 속에 집어넣는 데만 몰두한다. 빵빵해진 배를 두드리면서 나는 드러눕는다. 그러면 은옥 엄마는 세월의 다듬이질에 부드러워진 분홍색 60수 아사 꽃 이불을 꺼내 와 나에게 덮어 준다. 순간 나는 눈을 감은 채로 경직되는데, 그러면 몸속을 돌던 피까지 '일단 멈춤' 상태가 된다. 얼마 안 가 손길에 데워진 혈액은 이내 안정적인 흐름으로 내 몸 구석구석을 돌아다니고, 어느덧 나는 노곤히 잠에 빠진다. 어린아이를 둔 엄마의 예의 그 선잠이다.

선잠 속에 들려오는 그 소리란 또 얼마나 꿈결 같은지. "여긴 이 색깔로 칠하면 어떨까? 할머니는 보라색을 좋아해. 우리 재희는 무슨 색이 좋니?" "저는 핑크를 좋아해요. 근데 보라색도 좋아요." 할머니와 손녀의 소곤소곤 대화가 선잠의 세계를 침투하고, 선량한 공격자들은 곧 내 잠의 일부가 된다.

몇 년 전 그날도 나는 이 만족스러운 휴양을 즐긴 뒤 집으로 가는 택시를 탔다. 택시 꽁무니에 대고 손 흔드는 은옥 엄마가 점이 된 것을 확인한 뒤에야 우리는 몸을 앞으로 돌렸다. 친정 부모님이 각자 재혼한 뒤 갈 데가 마땅찮은 나에게서 시든 외로움의 노폐물이 빠져나갔다. 내 얼굴이 사우나에 다녀온 여자처럼 뽀얘졌다. 전남편이 지급하지 않은 위자료 대신 은옥 엄마의 밥상과 보살핌을 꼬박꼬박 챙겨 집으로 돌아가는 중이었다.

우리 동네에 접어들었다. 모든 것이 완벽하여 충만해진 나는 돈을 꺼내고 있었다. 그때 기사님이 재희에게 말을 걸었다.

"아가야, 어디 갔다 오니?"

"할머니네요."

"재밌었겠네. 그런데 아빠는 어디 가고?"

'아, 완벽했는데! 기사님, 다 와서 길을 잘못 들면 어떡해요!' 지금이라면 동요하지 않겠지만 그때만 해도 아빠가 등장하는 질문을 받으면 안절부절못하던 나였다. 재희에게는 아빠와 산 기억이 없다. 당황한 내가 '멀리서 일해요.' 정도로 대신 답하려는데, 이런. 반 박자 빠르게 아이가 먼저 입을 열었다.

"우리 아빠는요, 아푸아푸 수족관에 살아요."

"응? 뭐라고?"

마침 목적지에 도착했다. 우리 집이 보인다. 거기라면 누구도 질문을 던지지 못할 것이다. 나는 택시비를 지불하고 여유를 가장하며 빠르게 내렸다.

그 밤, 잠든 아이 옆에 누워 별 조명으로 쏘아 올려진 천장의 초록 별들을 바라봤다. 눈물이 한 줄기 흐르는가 싶더니 멈출 생각을 안 했다. 슬퍼서가 아니었다. 아이의 믿음이 한없이 투명해 이면의 더러운 것을 씻기고자 눈물이라도 내보낸 것이다. 아홉 살이 된 지금의 재희는 답을 몰라 침묵했을 것이다. 하지만 네 살의 재희에게는 진실이었을 대답이다.

재희는 유아 때부터 아쿠아리움 나들이를 좋아했다. 어쩌다 보니 아빠와 만나는 약속 장소도 늘 아쿠아리움이었다.

입장료가 만만찮아 자주 못 가는 곳이니 나에게는 계산기를 두드려 선택된 장소였지만 어쨌든 아이는 아빠를 그곳에서만 만나 왔고, 아쿠아리움이나 수족관이나 그 말이 그 말임을 알 리 없는 아이는 '아푸아푸(＝아쿠아리움) 수족관'에 아빠가 산다고 대답한 것이다.

눈물을 걷어 낸 나는 천장에 떠 있는 이름 모를 별을 향해 전갈을 보냈다.

"당신은 좋겠네. 재희가 수족관에 사는 인어 아빠 정도로 여겨서. 잠시 다리를 얻어 딸을 만나지만 인어여서 수족관을 벗어날 수 없는 운명이라니. 자신이 얼마나 아름다운 동화 속에 살고 있는지, 당신이 그걸 알긴 할까?"

분명 인공 별이건만 순간 반짝, 한 것도 같았다.

나는 여기에
있을 거야

리셋을 완료해 갑니다

"지금부터 내 인생 리셋할 거야."

이것이 그가 남긴 마지막 말이었으므로 얼마간 나는 이 문장을 흥얼거렸다. 노래방에서 부른 마지막 곡처럼. 그러나 십 분 후면 페이드아웃 되는 노래와 다르게 그의 말은 좀체 떨어지질 않았다. 처음에는 혀에만 붙어 있던 말이 속으로 계속 파고드나 싶더니 한순간 내 심장에 딱 붙었다. 영악한 문장이었다. 심장에 붙으면 힘들이지 않아도 피와 함께 온몸으로, 심지어 뇌까지 쭉쭉 뻗어나갈 터였다. 재희에게 젖병을 물릴 때나 아기를 재우고 멍때리는 순간에도 그것은 내 안에 기생충처럼 존재했다. 그 기생충의 숙주는 '화기火氣'였다. 나를 독방에 가두고 본인은 인생을 다시 세우겠다? 나는? 나는!

몇 년이 흘렀을까. 나는 고요해졌다. 이 고요는 불쑥 튀어

나온 일곱 살 어느 아침에 기인한다.

당시엔 아이 혼자 등원하는 풍경이 일반적이었다. 나는 그날도 유치원을 돌아서 갔다. 잘 다니지 않는 길로 돌아가면 무지개 유치원이 아닌 꿈속의 그 유치원이 눈앞에 나타나기라도 할 것처럼 말이다. 전날 일을 떠올리니 죽고 싶었다.

그 전날, 그림책을 들고 낮은 의자에 앉은 미미 선생님 앞 카펫 위에 우리는 옹기종기 앉아 있었다. 한창 이야기를 듣는데 방귀 냄새가 났고, 아이들은 일곱 살 특유의 과장된 말투로 "으악, 냄새! 누구야?"라며 호들갑을 떨었다. 악동 중의 악동 원석이가 엉덩이마다 코를 대고 다녔다. 그러더니 내 차례에서 "얘다, 얘!" 하고 소리치는 것이 아닌가! 아이들이 와하하 웃었고 나는 홍당무가 되어 고개를 숙였다. 집으로 걸어갈 때 비로소 질질 짰다. 억울하고 분했다. 나는 진짜로 아니었으니까!

그런 연유로 유치원에 가기 싫었던 나는 왼쪽 길로 내려가지 않고 그대로 직진해 언덕을 올랐다. 언덕 꼭대기에는 왼쪽으로 난 높고 가파른 계단이 있었는데 그 계단을 내려가면 원래 다니는 길과 만났다. 그 길은 반듯하지 않았다. 울퉁불퉁한 돌 그대로의 돌계단이었다(다음에 일어날 일과의 연관성은 크지 않다).

나는 왼발인지 오른발인지를 첫 계단에 내디뎠다. 그런데 삐끗하더니 맨 아래까지 데굴데굴 구르고 말았다. 데굴데굴? 아니, 추락에 가까웠다. 절벽은 아니었지만 분명 추락이었다. 무슨 일이 일어난 건지 알 수 없었던 나는 엎어진 채로 눈만 껌벅이며 눈앞의 이끼를 바라봤다. 보이는 게 이끼였으니 보이는 대로 본 것이다. 햇빛이 들지 않는 돌계단 틈 사이사이 이끼가 껴있었다. 나는 이끼라는 말을 몰랐으므로 '돌에 이불 같은 풀이 붙어 있다!' 정도로 인지했는데 머리가 띵하면서 곳곳의 통증이 밀려왔다. 코피도 조금 났다. 철 냄새와 축축한 이끼 내음이 뒤섞였고 이 모두가 비렸다. 인생의 쓴맛에 앞서 비린 맛을 안 순간이었다. 아무도 없거나 누군가 모른 척했다. 나를 동정할 리 만무한 개미만 기어갔다. 울지는 않았다. 아무도 없거나 누군가 모른 척해 울음을 꾹꾹 누르며 나는 절뚝절뚝 무지개 유치원으로 향했다.

이날을 기억해 내면서 나는 해탈한 사람처럼 굴기 시작했다. '해탈'의 경건성에 망설여져 '처럼'이라 했을 뿐 그때의 나는 실로 평온했다. 그 상태가 지속되진 않았지만 나는 이전의 내가 아니었다. 왜지? 생각했고 이내 답이 도출됐다.

나는 일곱 살 때부터 추락과 비린 맛을 알았다. 그때부터 부모님의 불화가 보이고 오빠한테 자주 얻어터졌으니 우울은 나의 일상이자 벗이었다. 나쁘지 않았다. 상대적으로 한 번 행복할 때 미치게 행복했다. 그러다가 다정한 남편을 만나 행불행의 비율이 뒤바뀌었고 14년 뒤 원 비율로 회복되었다. 낙차가 클수록 불행해진다. 행복 피라미드의 브라만이었던 나는 일순간 수드라가 됐다. 그러나 인간이 어떤 존재인가? 적응의 동물이다! 하여간 끝내준다, 그 능력 하나만큼은!

드디어 독방에서 풀려났다. 독방에 나를 가둔 이는 그가 아닌 자기 연민이었다. 자기를 감옥에 가두다니 어리석으나 과도기를 생략하고 나를 찾을 순 없는 노릇이었다. 나야말로 진정한 리셋을 완료했다. 기계의 리셋은 몇십 초, 길어 봤자 하루면 되지만 인간의 초기화는 지긋한 시간을 요구한다. 인간에게 초기화란 일어난 일을 없던 일로 치는 것이 아니다. 해석하고 초월하는 것이다.

애니메이션 「괴물의 아이」에서 무사 수행 중인 큐타가 숲속 현자에게 강함이 무어냐고 묻는다. 현자가 대답한다. "나한테 묻는 건 번지가 틀렸다네. 나는 비가 오나 눈이 오나 돌처럼 여기 앉아 있기만 할 뿐이니. 시간을 잊고, 세상을 잊고, 자신까지 잊고, 현실을 초월하기 위해서지. 이것이 다름 아닌……" 하고 멈춘 그는 돌이 되며 말을 맺는다.

그러므로 방금 내가 쓴 '리셋을 완료했다.'라는 문장은 퇴고 대상이다. 리셋은 지금도 진행 중이고 소요 시간은 '평생'이다.

가끔 그 돌계단을 생각한다. 돌계단을 찾아가 구르고 싶기도 하다. 굴러 버리고선 새로 난 상처로 이전의 모든 구차하고 번잡한 것들을 삭치고 싶다. 일곱 살의 나는 울음을 꾹꾹 눌렀으나 지금의 나는 양발 스트레칭 자세로(어차피 八자까지만 가능하므로 완벽한 떼쟁이 자세 구현 가능) 제대로 앉아 꺼이꺼이 목놓아 울 것이다. 내 몸 구석구석을 점령한 이끼를 모조리 떼고 시원―하게!

그저 잘 보이고 싶었을 뿐

아빠가 "우리 딸이 홀로 아이를 키우는 이 상황이 너무 속상하다. 그 녀석이 그럴 줄이야!" 이렇게 토로할 때면 나는 입을 쑥 내밀고선 속으로 대꾸한다.

"아빠가 맺어 준 인연인뎁쇼?"

2000년 12월 어느 저녁, 딸내미가 이번 방학에도 빈둥댈 것임을 예감한 아빠는 식탁에 앉아 치킨 닭다리를 뜯고 있는 닭똥집 같은 내 입을 지그시 바라보다가 한마디 하셨다.

"너도 네가 번 돈으로 닭다리를 뜯어야 하지 않겠니? 경험을 쌓고 오너라!"

아빠는 그렇게 나를 종로 바닥으로 내몰았다. 닭다리를 뜯다가 내쫓기다니! 당시는 구인 사이트가 없거나 막 생기기 시작한 시절이었다. 《벼룩시장》이라는 구인 신문에 빨간

펜을 그어 가며 업체에 전화를 거는 방법이 있었으나, 쭈그리고 앉아 그 짓을 하다 보면 그야말로 내가 쓸모없는 한 마리 벼룩이 된 기분만 든다. '아, 이래서 신문 이름이 벼룩시장이구나!' 하는 벼룩 궁뎅이 같은 깨달음만 얻게 되나니, 이 몸은 직접 종로로 출두한 것이었다. 종로엔 주점이 많으니까. 피맛골과 더불어 부어라 마셔라 난리도 아닌 곳이 종로2가였다.

종로의 한 호프집에서 아르바이트 중이던 죽마고우 지연의 손을 붙잡고 찬바람 맞으며 이 집 저 집 문을 두드렸지만 크리스마스 시즌이라 일손이 달렸음에도 초짜인 나를 받아주는 주점은 없었다. 내 의지는 언제나 오기에서 나온다. 포근한 내 침대 위에서 귤 까먹으며 만화책 삼매경에 빠진 내 모습이 둥실 떠오를 때면 나는 곧바로 큰소리치고 현관문을 박차고 나오던 장면을 상기했다. 절대 포기할 수 없어, 무슨 일이 있어도 오늘 안에 알바를 구하고야 말 테다!

하하하, 구했다. '호프마을'이라는 1차원적 이름의, 스무 테이블 정도를 갖춘 작지 않은 규모의 주점이었다. 사장 부부는 한 블록 건너에 '갓파더'라는 주점도 함께 운영했다. 예나 지금이나 소심하여 정직한 나는 난생처음 아르바이트를 구하는 중임을 사실대로 고했고, B사감 못지않아 보이는 사모님은 한눈에도 어리바리한 나를 그 자리에서 오케이 하셨다. 얼마나 급했으면.

「크리스마스의 악몽」이라는 영화가 있다. 내 죽기 전에 동명의, 그러나 내용은 다른 공포 영화를 반드시 만들 테다. 미친 크리스마스! 하얗게 불태웠다. 쉴 새 없이 나른 모듬 안주, 수십 개의 큰 접시와 거대한 피처들, 취한 자들이 질러 대던 게임, 두 패거리가 마른오징어와 비싼 한치구이를 던지며 싸우던 모습, 그야말로 크리스마스의 악몽이었다.

12월 31일은 더했다. 총체적 난국이었다는 말로 생략하겠다. 1월이 되자 호프마을에도 평화가 찾아왔다. 호프마을 바는 나보다 한 살 어린 아르바이트생 P가 지키고 있었다. P는 바 안쪽 의자에서 다리를 꼬고 앉아 있다가 내가 주문을 받아 오면 2000~3000cc 피처나 500cc 유리잔에 생맥주를 따랐다. 여전히 초짜 특유의 긴장을 못 벗은 나는 그 모습을 부동자세로 지켜보다가 맥주가 채워짐과 동시에 쪼르르 달려가 받아 날랐다. 이어서 바 뒤로 연결된 주방에 대고 P가 안주 이름을 외치면 주방장님이 요리를 시작하고, 완성된 안주를 P가 나에게 건네면 내가 손님에게 서빙했다.

종일 무수리처럼 홀을 돌던 어린 내 눈에 바를 지키는 P는 멋있어 보였다(그게 멋있어 보일 일이기나 한가). 왜일까? P는 당시에 '스웨이드Suede'라는 영국 그룹에 빠져 있었고, 보컬인 브렛 앤더슨의 스타일링을 카피해 다녔다. 머리카락

끝이 어깨까지 닿았던 P는 매우 스키니했다(실제로 스키니진을 입기도 했다). P가 누나 누나 부르면서 나한테 장난을 한 번씩 걸면 나는 하지 말라고 하면서도 어머, 하고 광대 승천을 막지 못했다.

같은 시각 우리 집, 온 가족이 출동할 준비를 하고 있었다.

"우리 딸이 이토록 성실하게 알바를 이어 가다니!"

"어디 소영이가 갖다주는 맥주 한번 마셔 보자!"

"가즈아아아-!"

오, 마이 갓. 부모님이 당장 갈라선다 해도 전혀 놀랍지 않을 문제투성이 집구석이었지만 우리 가족은 희한하게 잘 뭉쳤다. 뭐든 웃음으로 승화하는 능력자들이었다. 나는 가족의 호프마을 방문 통보를 받은 그 순간에만 살짝 당황했을 뿐 그날이 다가올수록 일 잘하는 내 모습을 선보일 거라며 들떠 있었다. 또한 P에게 자유롭고 재미있는 가족과 그들에게 일 잘한다고 우쭈쭈 칭찬받는 내 모습을 보여 주고 싶기도 했다. 그러니까 양쪽에게 다 잘 보이고 싶었다.

그날이 왔다. 주문지와 펜을 들고 여느 때처럼 출입문 앞에 서서 대기 중이었다. 시끌벅적 계단 오르는 여럿의 발소리가 들리더니만 뒤이어 아빠, 엄마, 오빠 그리고 외할머니와 막내 이모까지 우르르 등장하는 게 아닌가? 아빠는 회사 갈 때도 안 입는 양복 차림에, 엄마와 할머니는 당신이 소유

한 것 중 최고로 비싼 모피 코트(당시엔 모피에 대한 문제의식 제로)에 도대체 왜! 그것들을 입고 왔는지 모르겠으나 아무튼 그렇게 차려입고 왔다.

평일인데다가 오픈한 지 얼마 지나지 않은 시점이라 손님은 우리 가족뿐이었다. 나는 아이스크림과 콜라를 동시에 먹기라도 한 것처럼 터져 나오려는 웃음을 간신히 참으며 그들을 자리로 안내했다. 아빠는 맥주와 소주, 모듬 안주와 알탕 등 이것저것 잔뜩 시켰다. P에게 주문 목록을 읊어 주고 나는 500cc 잔 다섯 개를 챙겼다. 이때 내가 잘하는 짓거리가 발동됐다. 그것은 바로 허세.

가족 방문 며칠 전 P에게 기술(?) 하나를 배웠다. 단체 손님 자리를 여러 번 왔다 갔다 하며 빈 유리잔을 나르는 내 꼴을 보다 못한 P가 알려 주기를, 손가락마다 잔 손잡이를 걸면 한 방에 다 나를 수 있다는 것이었다. 직접 해 보니 정말로 단번에 나를 수 있어 시간이 절약됐고, 어쩐지 숙련된 기술을 선보이는 것 같아 우쭐해지는 효과까지 있었다. 나는 그날부터 둘이 오든 셋이 오든 열이 오든 유리잔은 무조건 손가락에 걸고 다니기 시작했다.

P가 3000cc짜리 피처에 맥주를 가득 채웠다. 평소 무게가 많이 나가는 이 피처는 두 손으로 들고 다녔건만, 그날은 가족들에게 묘기 대행진을 보여 줘야겠다는 의욕이 앞섰다.

슬쩍 돌아보니 열 개의 눈이 나만 보고 있었다. 이런, 저들에게 뭔가를 보여 줘야 해!

왼손엔 피처 손잡이를 끼고, 오른 손가락 하나하나엔 유리잔 다섯 개를 걸었다. 그 모습을 지켜보던 P가 "누나, 무거워서 그거 못 옮겨요. 피처는 따로 가져가요." 했지만 나는 어깨를 으쓱하며 "아냐, 가져갈 수 있어. 바로 코앞인데 뭐." 했다. 그들을 향해서 한 걸음 한 걸음 신중하게 옮겼다. 열 개의 눈이 "우아아- 우아아- 봤어? 봤어?" "저걸 한 방에 다 들었어!" 오버하는 소리가 들렸다. 나는 히죽거리며 닐 암스트롱 못지않은 위대한 발걸음을 계속 이어 갔……어야 했는데, 두 걸음 정도 남았을 때였다.

맥주가 가득한 피처를 든 왼손의 힘이 풀리는 것을 감지했다. 감지하니 당황했고, 당황하니 기우뚱거렸고, 기우뚱거리니 오른 손가락들에 걸려 있던 잔들이 하나하나 낙하하기 시작했다. 가을이 오려면 한참 남았는데 낙엽처럼 우수수, 그리고 쨍그랑! 유후, 이토록 맑고 청아하게 깨지는 소리라니? 내 영혼도 함께 깨지는구나! 그래도 피처는 살렸어. 맥주는 쏟지 않았다고!

"어어어- 저런!"

열 개의 눈이 한목소리로 탄식했다. 곧바로 P가 청소 도구를 들고 달려왔고, 누나는 저쪽에 가 있으라며 괜찮다고 그럴 수 있다고 다독여 주었다(다행히 사모가 없으니 비밀로 하면 된다고 속삭였다). 기가 죽은 나는 아빠 옆에 앉아 벌컥벌컥 맥주를 들이켰다. 그리고 P는 시키지도 않은 오징어와 한치를 잔뜩 구워 와서는 우리 가족 테이블에 올리고 갔다. 부모님이 P를 돌아보면서 나에게 말했다. 착한 아이로구나.

약 열흘 뒤, P가 나에게 고백했다. 그 순간은 자신이 남몰래 좋아해 온 사람에게 고백받는 것이 얼마나 기적 같은 일인지를 최초로 알게 된 편각이면서 지금까지도 그와 이어져 있을 것이라곤 상상할 수 없었던, 내 인생 지도에 찍힌 또렷한 점이기도 했다.

그와 결혼하고 우여곡절 끝에 자식도 낳았지만 아프게 헤어졌다. 그렇다고 해서 과거의 나까지 부정해선 안 된다. 순정했던 기억까지 소각할 필요는 없는 것이다. 내 일부의 소멸을 지키기 위해서라도.

징거버거 사이로
떠나간 사람

이것은 사랑에 대한 의문이 아니다.

P와의 이혼 후 반짝하고 지나가는 장면이 있다. 스물셋의 나와 스물둘의 그가 종로2가 KFC 통유리창 좌석에 앉아 햄버거를 먹는 모습이다. 어린 연인이 쫑알대며 징거버거 하나만 달랑 받아 와 반을 가른다. 특별할 것 없는 풍경이다. 다만 그들의 대화는 특별했다.

나: 오늘도 너무 맛있다, 그치?

P: 응, 너랑 먹으니까 매일 먹어도 맨날 맛있어.

나: 나도!

P: 아마 영원히 이 순간들을 이야기하면서 살게 될 거야.

나: 콩 한쪽도, 햄버거 하나도 나눠 먹는 우리! 그게 포인트야. 이야기할 때 포인트를 빼놓으면 안 된다고.

엇갈리는 사랑만 하다가 스물셋에 첫 연애를 시작하면서 도파민이 과다 분비되었던 나는 연애질에 돈을 마구 써서 더없이 남루해졌다. 학생이라 돈도 부족했다. PC 게임 '포트리스' 해야지, 극장도 가야지, 술도 마셔야지…… 돈 쓸 일이 무궁무진하여 점심값이 부족했다.

그런 어린 것들에게 한 줄기 빛이 비추었나니 그 빛은 바로 통신사 멤버십 포인트였다. 포인트는 핸드폰 요금으로 쌓아 올린 탑이었다. 어느 달은 통화 요금만으로 16만 원씩 청구되어 각자의 집에서 돌았냐는 소리를 들었다. 그 포인트로 햄버거를 딱 한 개만 살 수 있었다.

결국 P와 나는 우리 집에서 놀기 시작했고, 엄마는 자식이 한 명 더 생긴 것처럼 제육볶음에 된장찌개에 매일같이 해 먹이기 바빴다. 아들 녀석은 말썽부려 집 나간 와중에 등장한 싹싹하고 맑은 P는 엄마를 단번에 사로잡았다.

그러다가도 아르바이트로 용돈을 벌어 종로에서 만나는 날이면 같은 대화, 같은 풍경으로 콜라도 없이 징거버거를 나눠 먹었다. 안 먹어도 되는 날에도 먹으러 갔다.

난 이런 게 소중한 사람이다. 같이 찌질이처럼 굴었던 기억 말이다. 함께 있는 것에만 집중하며 깔깔대고 배를 채웠던 나와 너인데, 어떻게 그런 이야깃거리를 멈추고 징거버거가 갈라진 틈으로 걸어 나가 사라질 수 있느냐 하는 것,

그것이 나의 의문이다. 저 햄버거 장면에서 뻗어 나간 수많은 다른 장면은 또 어쩌고? 사랑 얘기가 아니다. 사랑은 도망간 지 오래다. "그래도 내 기억 속에선 그 어린 것들이 행복하게 웃고 있다."라고 한 꼭지를 끝낼 수도 있겠지만 그러고 싶지 않다. 영원히 물음표로 끝낼 것이다. 이해하지 않을 것이다, 그것만큼은. 이건 동지애, 의리의 문제니까.

나도 외로웠어

스물여섯 번째 맞이한 가을, 6개월 전 내게서, 그것도 군대
에서 이별을 통보받았던 P가 퇴근 시간에 맞춰서 나를 찾아
왔다. "너의 어두운 것, 밝은 것 그 모두를 온전히 껴안을 수
있는 사람은 나밖에 없어!" 놀이터 그네에 앉아 운동화 코를
모래에 박고선 엉덩이만 앞뒤로 까딱이는 내 앞에 쪼그려
앉은 P가 내 무릎에 손을 얹고 말했다. P의 손도 앞뒤로 움
직였다. 나는 내 몸짓에 끌려 움직이는 길고 하얀 손가락들
을 잠시 눈으로 따라다니다가 고개를 들었다.

본 적 없는 간절한 눈이 내 눈을 응시하고 있었다. 살면서
그보다 확신에 찬 말을 들어본 적 없다. 지는 해를 등진 검
정색 어린이들은 얼음땡 놀이를 했고, 자기 아이에게서 시
선을 거둔 여자 몇이 우리를 보고 있었다.

내 몸을 덮은 가시들이 연해지는가 싶더니 후드득 몇 개

가 떨어져 나갔다.

그림책을 보다가 눈물이 나면 나는 눈물길을 거슬러 올라간다. 눈물의 출처는 대체로 내 아이를 향한 애틋함이고, 가끔은 내 안의 나다. 둘 다인 경우도 적지 않다.

재희를 위해 밥을 하고, 학교에 데려다주고 데려오고, 미술 학원에 데려다주고 데려오고, 또 밥을 해 먹이고, 숙제를 봐 주고, 씻기고 재우고……. 여느 때와 같으면서 같지 않은 날, 나는 잠든 재희 옆에 엎드려 주홍빛 램프를 켜고 『고슴도치 아이』를 펼친다. 안녕, 피오트르. 나 또 왔어.

건축가인 남자와 여자가 햇빛이 잘 드는 곳에 아름다운 집을 지었다. 집 가까이엔 강물이, 정원에는 예쁜 꽃과 부드러운 흙이 그리고 아름드리나무가 자기와 놀아 줄 아이를 기다리고 있었다. 아무리 기다려도 아이는 오지 않았다. 반짝이던 풍경이 잿빛으로 변한 날 부부는 깨달았다. 자기 아이가 아주 먼 곳에 사는 다른 가족의 품에서 태어났다는 것을.

보육원을 찾은 부부 앞으로 원장이 사내아이 한 명을 데려왔다. 남자와 여자는 깜짝 놀랐다. 아이의 몸에 고슴도치처럼 가시가 잔뜩 돋아나 있었다. 무언가 잘못된 것이 틀림없다고 생각할 때, 아이가 여자의 손가락을 꽉 잡았다. 그 순간 여자는 그 작은 손을 결코 뿌리칠 수 없다는 것을 깨달았다.

고슴도치 아이는 좀처럼 바깥으로 나가려 들지 않고 걸핏하면 울음을 터뜨렸다. 하지만 점점 함께 사는 고양이를 무서워하지 않게 되었고, 말문이 조금씩 트였고, 세상에 대한 호기심도 보였다. 그러나 밤이면 여전히 잠들지 못한 채 막 건져 올린 물고기처럼 이리저리 뒤척였다. 어떤 상황에서도 남자와 여자는 피오트르에게 조건 없는 사랑을 주었다. 그럴 때마다 피오트르 몸의 가시가 몇 개씩 후드득 떨어져 나가 마침내 하나도 남지 않게 됐다.

긴 시간이 흘러 피오트르는 늠름한 청년으로 자랐다. 어느 날, 나들이를 간 세 식구가 푸른 풀밭에 다다랐을 때였다. 피오트르가 어깨를 쭉 펴더니 날갯짓하듯 양팔을 퍼덕거리기 시작했다. 그러고는 그대로 하늘로 날아올라 아버지 어머니에게 손을 흔들고는 태양 저편으로 사라졌다. 부부는 피오트르가 사라진 하늘을 오랫동안 바라보며 슬퍼했지만, 그래야 함을 알고 있었다.

"얼마나 다행인지 몰라. 네가 씩씩하게 자라서 멀리 떠나가는 걸 두려워하지 않게 되었으니 말이야."

나는 날아가는 피오트르를 볼 때마다 운다. 그 새는 P이고, 미래의 재희다. 나의 아빠고, 엄마다. 나는 사는 동안 가족들 사이의 다리가 되어 주느라 울음을 삼켰다. 울면 그 다리는 무너졌을 것이다. 그러자 눈물이 되지 못한 슬픔이 가시로 돋아났다.

스물두 살에 P를 만났다. 그가 나의 모든 것을 조건 없이 감싸 안자 가시들은 속절없이 부드러워졌다. 어느 주말, 둔치에 나란히 앉아 성산대교를 바라보고 있을 때였다. 강바람이 불어오자 가시들이 해초처럼 살랑이는가 싶더니 그대로 하나씩 떨어져 나가 바람을 타고 여행을 떠났다.

이혼하기 며칠 전, P가 약간 화난 듯 말했다.

"나도 외로웠어."

나는 그 말 때문에 한동안 죄책감에 시달렸다. 내가 너무 내 가시만 부드럽게 해 주길 바랐던 것인가. 피오트르는 양부모의 사랑을 동력 삼아 날아갔고, P는 자기 가시를 부드럽게 해 줄 그녀를 꿈꾸며 날아올랐다.

나는, 나는 여기에 있을 것이다. 여기에 있다가 재희가 피오트르처럼 양팔을 퍼덕이며 갑자기 하늘로 날아오르면, 나는 당황하지 않고 아이가 보이지 않을 때까지 손을 흔들어 줄 것이다.

"잘 가, 재희야. 더 멀리 날아가렴! 힘들면 언제든 다시 와."

그러고서, 나도 날아가야지.

간지, 나다!

고작 철문이었다. 철문 하나가 두 개의 세상을 구분 지었다. 을지로의 오래된 건물, 2층으로 가는 마지막 계단을 오르자 철문이 나타났다. 아홉 살의 내가 손잡이를 돌린다. 철컥, 신세계가 열리자마자 훅 종이 냄새가 코를 찌르는가 싶더니 이내 공중으로 흩어졌다. 이곳은 어디인가? K인쇄소. 아빠의 생업이자 자부심의 원천.

북녘에서 태어난 아빠는 동생에게 할머니 등을 내어 준 채로 피난 왔다고 한다. 이어서 귀에 딱지가 앉을 정도로 들어 온 아빠의 레퍼토리가 시작된다.

"아빠는 국민학생 때부터 자취했지만 언제나 1등을 도맡았지. 그뿐이냐? 깔끔하지, 성격 좋지, 노래 잘하고 놀기까지 잘하니 나 아니면 학생회장을 누가 했겠냐? 어떻게 놀 거 다 놀면서 공부하냐고? 불가능이란 없다, 그게 나란 말씀! 그래서 말인데, 너희는 왜 공부를 안 하냐? (오빠를 가리키며) 너는 맨날 거울이나 들여다보고 있으니 거참, 대학만 좋은 데 가 봐라. 연애 실컷 할 수 있어! 그리고 (나를 가리키며) 너는 허구한 날 영화 아니면 소설책만 들여다보니, 원. 아빠 봐라. 어려운 환경에서도 △△공대를 차석으로 들어가고 이렇게 K인쇄소까지 멋들어지게 일구었잖냐!"

따갑다. 글로 재연했는데도 귀가 따갑다니. 토씨 하나 안 틀리고 지금도 외우는 아빠의 설교다. 그래요, 아빠는 대단하셔요. 제가 별 볼 일 없어 그렇죠. 그런데 아빠, 어쩌겠어요? 생긴 대로 사는 거지 저라고 뭐 간지 나게 살고 싶지 않겠습니까.

그나저나 '간지'라고?! 일본어로 감각, 느낌을 뜻하는 '간지かんじ'가 아닌 '간지間紙'다.

1987년 어느 저녁, K인쇄소에 들어서자 내 눈동자는 던져진 팽이처럼 돌았다. 종이 내음, 제본용 본드 냄새, 마감 직전 신문사를 연상시키는 분주한 사람들, 손가락 춤사위에 따른 타닥탁 경쾌한 타자 소리, 인쇄 마스터 기계가 광광광 탄력 있게 돌아가는 소리…… 나는 입을 벌린 채 도로 밖으로 나갔다. 조용했다. 다시 들어오니 아까와 똑같았다. 이어서 K 오케스트라의 불협한 협화음을 뚫은 지휘자의 독려가 사무실 중앙으로 내리꽂혔다.

"얘들아, 오늘도 철야다. 힘내자!"

잠자는 계단을 올라 문 하나를 열었을 뿐인데, 생명이 부여된 이 공간은 그 자체로 꿈틀대며 몸속 장기들과 연동하고 있었다. 그때 오빠와 나를 발견한 지휘자가 "왔어?" 하며 달려왔다. 지금의 나보다 어렸던 청년의 아빠다.

"배고프지? 나가자, 아빠는 저녁 먹고 또 들어와야 해."

"근데 저거……."

나는 색 도화지를 쌓아 올린 종이 탑을 가리켰다.

"아, 저거. 간지로 쓰는 색지야. 알록달록하니 예쁘지? 색지랑 흰 종이랑 맘껏 집어 와."

남매는 동굴 속 금은보화 찾기를 허락받은 양 신나서는 종이를 잔뜩 집어 와 커다란 서류 봉투에 담기 시작했다. 나는 물었다.

"아빠, 간지가 뭐예요?"

"간지? 간지는 그러니까…… 한 권의 책 속엔 여러 이야기가 있는데, 이야기 하나 끝나면 분홍 종이 한 장 꽂고, 또 그다음 이야기 끝나면 노란 종이 한 장 꽂고…… 그러다가 마지막 이야기 전에 하늘색 종이 꽂고 그러거든? 그 색지가 간지야. 즉, 이야기 사이사이 쉼표 종이다, 이 말씀이지!"

K인쇄소는 내 취향의 책을 만들진 않았다. S사 직원용 교재(대개 컴퓨터 프로그래밍 책)를 제작했는데, 컴퓨터 상용화

전엔 타자기를 쳐서 인쇄용 원고를 만들었다. 인쇄, 제본을 거쳐 마지막 재단까지 마치면(재단기의 그 날카로운 작두라니!) 미끈한 책 쌍둥이들이 수십, 수백 권 탄생했다. 그것들은 그림책이 아니어서 나의 관심을 끌진 못했으나 책이란 아주 깔끔하고 그럴싸한 물건이라는 것만은 알게 해 주었다.

그날 내가 집어 온 다양한 크기의 색지는 책상 서랍에 들어간 뒤 방치되었다. 인쇄소에서라면 책 중간중간 자리했을 간지용 색지들은 공작도 그리기도 즐기지 않는 주인에게 선택된 불운 때문에 간지 나게 살다 가지 못했다. 역시 인생길에서 누구를 만나느냐가 관건이다.

얼마 전 나를 방문한 아빠에게 과거의 간지에 관해 물었다.

"아빠, 그때 간지 안 넣었던 파본 기억나요?"

"기억나지, 그럼. 손해가 이만저만 아니었어."

"간지 없으면 안 되나, 괜히 신경만 쓰이고."

"무슨 소리! 간지 없어 봐라. 이야기끼리의 경계가 사라져. 이야기란 1막, 2막 구분해야 하는 법이야. 삶 전체가 연극이고 너는 배우라고 생각해라. 그러면 덜 억울해. 네가 처음부터 싱글맘은 아니었잖니? 장마다 소제목을 붙여 봐. 방향이 보이고 전체를 아우르는 제목이 떠오를 거야. 그게 책제목이지."

"……."

"소영아, 힘들지? 그래도 한 부모라는 포지션이 '쓰는 사람'에게는 나쁜 것만은 아니야. 아닌 게 아니라 복이야. 그리고 간지는 휴식의 의미이기도 하니 좀 쉬면서 가도 돼. 아빠 멋있지? 나의 유머 유전자 덕에 네가 잘 헤쳐 나가고 있다는 사실 절대 잊지 말고."

"왜 항상 마무리는 자화자찬인 거죠?"

"하하하, 역시 내 딸의 유머란!"

저번 만남보다 좁고 동그래진 어깨로 아빠는 언제까지나 아홉 살일 딸을 커다랗게 안아 주고 돌아섰다.

간지로 살고 싶다. 사람들 사이사이 자리해 다르면서도 비슷한 그들의 이야기를 이어 한 권의 책을 만들자. 간지가 된 나는 소속감에 안온해져 잠이 든다. 이야기를 이불 삼아 마침내 쿨쿨, 꿀잠을, 그래. 간지, 나다!

아빠와 사랑에 빠진 날

상상 속 내 아빠는 언제나 인쇄기를 돌리고 있다. 30년 넘게 인쇄소를 운영하면서 인쇄기를 돌린 적 없는 아빠이지만 나는 인쇄기 돌리는 아빠를 소환한다. 어찌 되었든 전력으로 가장의 책무를 다한 아빠를. 그 장면은 해일에 혼란해진 내 바다를 수평으로 맞추고, 나는 한 마리 해파리가 되어 고요하고 깊은 바다를 유영한다.

아빠에게 다른 부인과 아들이 있음을 몰랐던 13년간 나는 늦게 들어오거나 들어오지 않는 아빠를 기다렸다. 아빠는 공평의 미덕을 실천하시어 한 주간 세 번은 우리 집으로, 네 번은 그 집으로, 그다음 주는 횟수를 바꿔 번갈아 귀가했다. 아빠는 그러함에도 가족의 사랑을 받았다. 그 사실이 가끔 나를 무너뜨린다. 애증이란 그런 것이다. 무너뜨렸다 세웠다 반복하는 것.

떠오르는 아빠가 또 있다. 정확히는 낚시하는 아빠의 등이다. 내가 아빠를 사랑하는구나, 처음으로 감지한 기억은 여섯 살의 어느 새벽이다. 낚시 가방 꾸리는 소리에 깬 내가 아빠를 쫓아갈 거라며 앙앙 울어 댔다. 과연 '아빠 바라기'다. 다정하고 웃겨 주고 잘 웃어 주고. 그 웃음소리란 또 어찌나 호탕한지 단번에 공기를 상쾌하게 만들어 주는 아빠가 좋았다. 나는 "아빠랑 결혼할 거야!"라며 큰소리치고 다녔고, 그가 가는 곳이라면 어디든 따라가고 싶었다. 실상은 입만 쑥 내밀고 손 흔들어 주는 '착한 아이'였지만, 유독 그날만 진정 홀로 가겠다면 나를 사뿐히 즈려밟고 가라며 서럽게 운 것이다.

아빠는 그런 나를 보고 허허 웃더니 엄마 보고 옷을 입히라 했다. 아빠와 사랑에 빠진 순간이다. 그렇게 우리는 하얀 맵시나를 타고 둘만의 낚시터 데이트를 떠났다. 차창을 통과한 여명으로 고양이 세수를 하면서.

낚시터에서의 일은 하나만 떠오른다. 나들이만 가면 신호가 오던 나였다. 그때마다 나는 "엄마, 똥" 아닌, "아빠, 똥"을 외쳤다. 그날이라고 뭐 달랐겠나. 하고 많은 순간 중 이걸 기억하는 이유는 아빠가 엄마에게 혼나서다. 귀가한 나를 씻기다 말고 엄마가 소리쳤다.

"애 엉덩이가 이게 뭐야. 연탄에 앉혔어? 왜 씻겨지지도 않아?"

"아이고, 세상에 그렇게 시커메졌어? 휴지가 없어서 신문지로 닦아 줬걸랑. 이것도 다 추억이지, 추억. 허허허."

낚시터에서의 기억이라고는 "아빠, 똥"밖에 없는 내가 낚시하는 아빠의 등을 어떻게 떠올릴 수 있는지, 그것에 관해 말해야 한다.

한번은 엄마의 책상 서랍에서 사진관 봉투에 든 대여섯 장의 사진을 발견했다. 하나같이 의뭉스러웠다. 철조망을 사이에 두고 낚시하는 누군가를 찍은 그 사진들은 초점이 맞지 않았다. 피사체들이 꿈속 인물처럼 흐릿했다.

"엄마, 이 사진들 뭐야?"

"세상에 이게 아직도 있었네. 어디서 찾았냐? 여기 K인쇄소 잠바 입고 앉아 있는 등짝이 네 아빠고 옆 간이 의자에 앉은 빨간색 옷이 타자 치는 미스 김. 미행하느라 아주 죽는 줄 알았다! 엄마 대단하지 않냐?"

초점이 나가 어디에도 쓸 수 없었을 증거물 '1, 2, 3'은 엄마 탐정의 미행 기록이었다. 나야 뭐 배꼽 잡고 데굴데굴 구를 수밖에. 먼 과거는 때로 장르 전환이 된다. 스릴러에서 코미디로.

지금도 상상 속 내 아빠는 쉬지 않고 인쇄기를 돌리고 종이를 추린다. 아빠 어깨에 파스를 붙여 드려야겠다. 좋아하는 꿀물도 타 드려야지. 자식들을 먹이고 입히고 가르치려고 평생을, 그러니까 돈을 찍어 냈던 나의 아빠, 아버지.

그리고 또 한 분의 아빠. 낚시터에서 K인쇄소 잠바를 입고 있는 그에게도 가 봐야 한다. 찌랑 눈싸움 중인 아빠에게 다가가 톡톡 등을 두드렸다. 나를 보고 해사하게 웃는 아빠가 '혼자서 딸 키우느라 얼마나 힘드냐. 내 딸은 너인데. 여기까지 오느라 애썼다.' 통화할 때마다 하는 이 말을 건네며 내 등을 쓸어 주었다. 나는 멋쩍게 웃으면서 말을 돌린다.

"뭐 좀 잡으셨어요?"

기다렸다는 듯 아빠가 가슴을 쫙 폈다. 특유의 젠체하기다.

"아이스박스 봐라. 향어, 메기, 붕어, 모조리 다 있다. 향어회가 얼마나 맛있나 너도 알지? 저번에 아빠가 떠 줬잖니. 오늘은 이만 집으로! 민물고기 파티다!"

나는 고개를 끄덕이는 중에도 미스 김이 신경 쓰여 옆에 놓인 간이 의자로 고개를 돌렸다. 미스 김은 사라지고 없었다. 凡자 모양의 작은 의자에는 연두색 티셔츠를 입고 머리띠를 한 여자아이가 앉아 있다. 뭉친 떡밥을 바늘에 끼겠다고 낑낑대는 여섯 살의 내가.

그거 하나
모르면서

한여름의 낮이란 무슨 일이 터지기 딱 좋은 때다. 한없이 게으름 피우고 싶다가도 생명력으로 중무장한 초록의 것들이 '그렇게 집에만 있지 말고 어서 나와 봐!' 유혹할 때면 집 안의 누구 한 사람쯤은 그 소리에 홀리듯 나가 생산적인 인간으로 거듭나고픈 충동에 휩싸이기도 하는데, 주목할 점은 그것이 꼭 긍정적인 결과로 이어지진 않는다는 사실이다.

10년 전 그날, 세이렌에게 홀린 선원처럼 마당으로 끌려간 사람은 아빠였다. 평일이었고, 회사 대표인 아빠는 출퇴근에 자유로워 집에 있었고, 나는 반복된 유산으로 일을 그만둔 상황이었고(분가 전 몇 년간 친정살이 중이었다), 당시의 남편은 출근을, 엄마는 외출을 한 그런 날이었다. 단독 주택이었던 우리 집 마당엔 나이 많은 각종 나무(감, 모과, 석류, 라일락)와 텃밭이 있었다.

비생산적 인간이라 아기를 못 갖는 거라고 풀 죽어 지내던 나는 2층 내 방에 틀어박혀 지루한 여름을 통과하고 있었다. 창문 너머로는 횡횡 아빠가 휘두르는 드라이버 스윙 음이 들려왔다. 다음으론 벤치에 손 짚고 팔굽혀펴기를 하는지 헛헛 소리가 이어졌다. 일상의 소음일 뿐이라 그런가 보다 했다. 난 정말 그런가 보다 한 죄밖에 없다.

그로부터 한 사오십 분 정도 지났을까? 주차 소리에 이어 대문이 열렸다. 엄마다. 그게 뭐? 이대로 이 문장들은 끝나면 된다. 물론 우리집엔 블랙홀 같은, 맘만 먹으면 모든 게 거기로 빨려 들어가 난장판이 되고도 남을 문제가 버티고 있었다. 하지만 시간의 더께를 입으면 뭐든 권태로워지는 법. 무언의 협정으로 문제는 문제시되지 않는 상태였다. 휴전이랄까? 문제는 저만치에 두고 가까이 가지 않는 것이다. 블랙홀에 빨려 들어가지 않을 정도의 거리를 유지하면서.

아니, 그런데 이분들이! 어찌하여 목소리를 점점 높이는지? 삐익, 나의 왼쪽 가슴에 심어 둔 '심상찮레이더'가 신호를 감지했다. 이런 순간이면 120bpm으로 급상승하는 심장 박동 수를 잠재우기 위해 내 이미 유년 시절에 심상찮레이더를 심어 놨건만 미리 안다 해서 달라지는 건 없었다. 불안 만 고조됐다.

이제 둘의 대화(라기보다는 각자의 악다구니)는 귀 기울일 필요가 없는 데시벨을 자랑하고 있었다. 어디 한번 본격적으로 들어 볼까나.

"왜 시키지도 않은 짓을 하고 그러냐고!"

"짓? 짓이라니! 내가 말이야, 어? 저 지저분한 텃밭 정리하느냐고 한 시간을 땡볕에서 잡초 뜯고 죄다 정리했는데, 어? 칭찬은 못 할망정!"

"그러니까 평소엔 하지도 않는 짓을 왜 지금 해서는 다 망쳐 놓냐고!"

"망치긴 뭘 망쳤다 그래? 이렇게 깨끗해졌는데, 보라고!"

"어우, 내가 진짜 미치겠어(울면서). 호박 넝쿨을 다 뜯어놓으면 어떡하란 말이야? 엉엉."

"(잘린 호박 넝쿨을 흔들어 보이며)이거? 허, 참나…… 야, 이게 어딜 봐서 살아 있는 거냐? 다 죽은 거지."

"죽은 거 아니라고. 그리고 내가! 호박을 얼마나 좋아하는데, 호박을 먹으려고 좋아하는 게 아니라 보는 걸 좋아한다고, 보는 걸. 그것도 하나 모르면서! 내가 예쁜 호박 좋아한다고 그렇게 떠들고 다녀도 알지도 못하는 주제에 왜 남의 호박은 뜯어 놓고 난리인데? 엉엉."

그렇다. 우리 엄마는 호박 덕후다. 엄마는 시골의 것들을 좋아한다(그래서 지금도 강원도에 집 짓고 텃밭을 가꾸면서 지내신다). 그중에서도 단연 호박이다.

이런 적이 있었다. 어느 집 텃밭을 하염없이 바라보는 엄마에게 뭘 그리 보냐고 묻자 시선을 고정한 그녀가 '소영이 너도 저 호박 좀 봐라. 정말 예쁘지 않냐? 나는 호박만 보면 그저 좋다!' 한 적이 있다. 나에게 호박은 그저 호박이어서 예쁘다거나 못생겼다거나 의미를 부여할 개체가 아니다. 그냥 응 하고 말았다. 그래도 나는 기억하고는 있다. 엄마가 호박을 좋아한다는 사실을. 그걸 알아주는 것은 호박을 바라보는 엄마의 눈빛만큼이나 애틋한 나의 사랑법이니까.

엄마는 호박이 없어져서 통곡한 것이 아니다. 30년을 같이 산 남편이, 심지어 그렇게 큰 잘못을 일단은 덮어 주기까지 한 아내가 호박을 좋아한다는 사실도 모른다는 데서 분개한 것이다.

그래서 아빠가 사과했느냐? 그럴 리가. 통곡하고 있는 엄마 앞에서 세상 억울한 일은 혼자 다 겪은 사람 표정을 짓고서는 "도대체 왜 그러는 거야, 왜! 이게 울 일이야?"만 반복하길래 보다 못한 내가 2층에서 빼꼼, 고개를 디밀고 등판했다.

"아빠는 엄마가 왜 우는지 몰라요? 진짜로요? 엄마가 호박 좋아하는 거 진짜 모르셨냐고요."

그래서 이 현명하고 사랑스러운, 세상에 둘도 없는 딸내미의 말을 들은 아빠가 또르르 눈물 흘리며 뉘우쳤느냐? 그럴 리가. 천둥 호통만으로 나는 2층 난간에서 추락사할 뻔했다.

　"소영이 너는! 부부가 얘기하는 데 끼어들지 마!"

　뭐, 어쨌든 나는 잘 껴들었다고 생각한다. 엄마의 호박 사랑 증인이 등장할 시점이었으니까. 증인은 목격한 사람이 아니라 기억해 주는 사람이다. 사랑한다면, 상대가 좋아할 일을 하기보다는 싫어할 만한 행동을 삼가야 한다. 그러려면 관심을 주는 노력이 선행되어야겠지.

부부의 세계

아빠는 웬만한 일에는 화내지 않는다. 세계에서 벌어지는 일 대부분이 화낼 거리가 아닐뿐더러 열 낸다고 해결되는 것도 아니므로 결국 그것은 에너지 소모에 불과하다는 지론이다. 나에게도 아빠는 목소리를 높인 적이 단 한 번도 없었다. 한 마디로 그릇이 큰 분이시라는 건데, 아빠의 그릇은 과하게 컸다. 그릇 안에는 우리 가족 말고도 숱한 여인네들이 함께 담겨 있었다. 여백의 미를 몰랐던 것이 아빠의 유일한 단점 이었다. 그것은 때로 모든 장점을 무력화시켜 부부 싸움을 끌어냈다.

그럼에도 불구하고 우리 가족은 이 세 가지만은 성실하게 지켜 나갔다.

1. 즉흥적으로 드라이브 나가 외식하기.

2. 가족 구성원의 생일마다 각 잡고 의식 치르기(식순에 생일
   축하 노래 합창과 케이크 촛불 끄기가 반드시 포함되며 돼지갈
   비집 등 오픈된 장소에서도 예외 없음).

3. 매년 여름 휴가 떠나기.

지금부터는 고1 여름 휴가의 에피소드다.

강원도는 우리 가족의 단골 휴가지로, 나에겐 제2의 고향
처럼 여겨질 정도인데 그중 속초를 자주 찾았다. 구불구불
낭떠러지 길을 따라 도착한 미시령 정상 휴게소에서 저 멀
리 펼쳐진 바다를 응시하노라면 이 여행은 어쩌면 지금을
위한 것인지도 모른다는 생각이 든다. 2박 3일의 일정 중 하
루는 바다, 하루는 설악산국립공원에 가기로 했다.

설악산에 가는 날, 차 속 공기가 냉랭했다. 아마도 아빠의
그릇 안에 사는 여인네들 문제로 다툼이 오간 듯하여 나는
눈치만 보고 있었는데, 그래도 두 분은 오빠와 나를 생각해
적당한 선에서 멈춘 상태였다. 그렇다 한들 이미 바뀐 공기
가 극적으로 돌아올 리 만무, 모두 말없이 산을 오르며 자기
걸음에 집중하고 있었다. 한참을 오르다가 지친 우리는 마
침 눈앞에 나타난 계곡에서 잠시 쉬기로 했다.

크고 작은 돌들이 깔려 울퉁불퉁했다. 각자 중심을 잡으
며 물 쪽으로 향하는데, 어! 하면서 엄마가 고꾸라졌다. 엄

마의 무릎이 까져 피가 조금 났고, 피를 본 엄마가 울기 시작했다. 뒤이어 조금 민망했는지 웃기도 했다. 웃으면서 울거나 울면서 웃었다.

순간 내가 미쳤던 게 분명하다. 그런 엄마의 표정이 웃겨서 완전히 터져 버린 것이다(웃음이 터지는 포인트가 남달라 고역을 치를 때가 많은데 이 경우는 그냥 미쳤다고 보면 된다). 오빠도 웃는 내 모습에 웃기 시작했고 이 정신 나간 남매는 쌍으로 깔깔댔다.

"아하하! 엄마 왜 울다 웃다 그래? 진짜 웃겨!"

그때였다.

"야 이놈의 새끼들! 너넨 이게 웃겨? 엄마가 다쳐서 피가 나는데, 어? 괜찮냐고, 어디 좀 보자고 하진 못할망정 웃고 앉았어? 못된 놈들 같으니라고!"

정적을 깨고 푸드덕, 새가 한 마리 날아갔고, 오빠와 난 그대로 얼어붙었다. 우리는 그날 폭포수 아래는 아니지만 이름 모를 계곡에서 아빠가 득음하는 찬란한 순간을 함께했다. 안 그래도 발성의 왕이시건만, 아빠의 분노가 하늘을 찌르는 바람에 천둥 같은 호통이 귓전을 때렸다. 처음으로 아빠에게 된통 혼나 눈물이 날 뻔했으나 이 시점에서 울어 봤자 진상 딸내미밖에 더 되겠냐 싶어 꾹 참았다.

아빠는 허둥지둥 계곡물을 퍼 와 엄마 무릎의 피를 닦아 주며 어디 한번 걸어 봐라, 괜찮냐, 산이고 뭐고 내려가자고 했고, 울음을 멈춘 엄마는 새침한 표정을 지었다. 둘을 번갈아 보면서 남매는 벌린 입을 다물지 못했다나 뭐라나. 곧바로 하산한 네 식구는 멋들어진 한옥 민박집 평상에 앉아 아빠표 김치찌개와 바비큐를 즐겼다.

지금이야 복잡미묘한 부부 심리에 통달했지만 17세의 나는 황당할 따름이었다. 조금 전까지 철천지원수 같던 두 사람이, 아무리 다친 상처가 우선이라도 그렇지, 마치 무릎이 까지기만을 기다린 사람들처럼! 부부에게 남매는 그 순간만큼은 철저히 타인이었다.

가끔 설거지하다가, 아이 머리를 말려 주다가 그곳이 떠오른다. 선녀탕일 수도, 무명의 골짜기일 수도 있는 그 계곡. 아빠가 처음으로 나에게 소리 지른 곳. 부모님이 극적으로 돈독해진 곳.

어쩌면 부부란 가끔 상대의 무릎이 까져야만 끈끈해지는 관계인지도 모르겠다. 회생 불가능한 수준이 아닌 딱 그 정도의 상처 말이다. 그 상황으로 돌아간대도 난 똑같이 주책맞은 웃음을 터뜨릴 것이다. 그래서 아빠의 호통을 듣고, 팔짱을 끼고, 부부인 그들을 바라볼 것이다. 물론 그런 나는 웃고 있다.

칭칭이가
죽던 날

나쁜 일이 겹쳐서 올 때가 있다. 태어남이 고행의 시작이었으므로 나는 웬만해선 나쁨과 좋음의 구분을 짓지 않는다. 생의 축이 흔들릴 정도의 '사고' 또는 '사건' 몇 개가 한꺼번에 일어나면 그제야 나는 나쁜 일이 찾아왔군, 고개를 주억거리며 그것을 맞이한다.

사고와 사건은 따로 일어나기도, 뒤죽박죽 섞여서 터지기도 한다. 내 인생을 관찰한 결과, 둘은 자주 세트로 움직였다. 사고인 줄 알았는데 사건인 경우가 허다했다(물론 반대의 경우도 있다). 어떤 시작은 사고로 미약했으나 끝은 사건으로 창대해졌다. 신형철은 『슬픔을 공부하는 슬픔』에서 사건과 사고의 차이를 꽤 그럴싸하게 풀이했다.

"개가 사람을 무는 것이 사고이고 사람이 개를 무는 것이 사건이다." "사고는 '처리'하는 것이고 사건은 '해석'하는 것이다." "그 일이 일어나기 전으로 되돌아갈 수 있느냐 없느냐 하는 것." "사건에서는, 그것이 진정한 사건이라면, 진실의 압력 때문에 그 사건 이전으로 되돌아갈 수 없게 된다."

사고와 사건으로 쑥대밭이던 2005년 어느 날, 칭칭이가 죽었다.

"오빠, 이제 그만 파도 되지 않을까?"

"흠, 칭칭이 이리 줘 봐."

흙 묻은 손으로 연신 눈물을 훔쳐 진흙으로 위장한 어린 소영이 현에게 물었다. 모종삽을 내려놓은 현이 손을 내밀었다. 소영은 치와와 꼬리가 삐져나온 흰 수건 꾸러미를 현에게 건넸다. 현이 구덩이 속에 그것을 두어 번 넣었다 뺐다하더니 죽은 반려견을 소영에게 내밀며 말했다.

"더 넓게 파야겠어. 사후경직 때문에 몸이 구부려지지가 않네."

눈물인지 땀인지 둘 다인지로 범벅된 현의 얼굴이 구름을 벗어난 달빛을 받고 잠깐 반짝였다.

남매는 신속하게, 하지만 야물게 땅을 다져 장례를 마무리했다. 눈물을 그친 소영은 칭칭이가 묻힌 땅을 어루만졌다.

"칭칭아, 잘 가. 미안해."

"빨리! 경비 아저씨 돌 시간이야!"

사방을 둘러보던 현이 재촉한다. 서둘러 묘를 벗어난 두 그림자가 6동 쪽으로 사라졌다.

카뮈는 이방인에서 "오늘 엄마가 죽었다. 아니 어쩌면 어제. 모르겠다."라고 했으나 칭칭이는 확실히 오늘 죽었다. 아침엔 살아 있었기 때문이다. 하늘 나라로 떠났다, 지구에서의 소풍을 마쳤다, 내 안에 잠들었다…… 따위의 죽음의 은유가 존재하지만 나는 '죽었다'를 선택한다. '죽었다'로 충분하다. 죽음은 수습을 남긴다. 망자는 자기의 죽음을 처리할 수 없으므로 남은 자가 수습해야 한다. 시신을 묻고, (필요한 경우) 죽음을 둘러싼 의문을 묻고, (답을 찾았다면) 끝으로 가슴에 묻는다.

일주일 전 산책길에서 그다음 발을 딛지 못하고 옆으로 쓰러진 뒤 칭칭이는 자기 집 안에만 있었다. 녀석이 밥을 거부한 지 3일째였지만 나는 밥을 주러 갔다. 눈동자 속 별이 폭발했는지 우주 같던 눈 위에 하얀 성운이 꼈다. 동그란 집 안에 동그마니 웅크린 칭칭이 옆에는 언제 눴는지 모를 똥이 묻어 있었다. 치매에 걸린 열네 살 칭칭이는 자기 집에 똥을 눈다. 본인이 그것을 먹기도 한다. 어쨌든 강아지 똥이야 닦아 내면 그만이다. 문제는 인간이다. 자기가 눈 똥도 치우지 않는 경우가 허다하다. 바람만 피운 게 아니라 숨겨놓은 자식까지 있었다니…… 사고인 줄 알았건만 완벽한 사건이었다.

그제 둘째 사위를 제일 사랑하는 외할머니가 달려와 당신의 가슴을 쾅쾅 치며 다그치시기를, "어떡할 거냐!"라고. 그런데 아빠가 그만 '어떡할 거냐!'를 '어떡할 거냐?'로 해석했지 뭔가. 하여 아빠는 무릎 꿇고 싹싹 빌어도 모자랄 판에 두 손을 모으고선 "그 아이도 끝까지 책임질 겁니다."라고 차분히 답을 내놓았으니, 나는 그 와중에도 '책 읽기를 게을리하지 말아야겠군.' 하고 다짐하고 있는 게 아닌가.

대답이 아무리 멋지다 한들 매일 이 난리 속에 허우적대다 보니 우리는 칭칭이가 죽음을 목전에 둔 줄도 몰랐다. 치매에 걸린 칭칭이까지 합세해 힘들어 죽겠다는 생각뿐이었다. 아까 베란다 문을 열자 미동 없는 칭칭이가 석양에 물들어 있었다. ㅠ자로 발을 뻗고, 혀를 살짝 내밀고, 하얀 눈을 다 감기도 전에 죽은 칭칭이는 밀랍 인형 같았다. 우는 엄마가 남매에게 말한다.

"칭칭이를 묻고 와라."

"어디에다?"

"뒷산, 아니 나도 모르겠다. 어디든⋯⋯."

"알았어. 우리가 다 알아서 할게, 좀 누워 있어."

우리는 하얀 수건에 칭칭이를 감싸 안고 모종삽을 챙겨서는 아파트 주차장과 연결된 뒷산 입구로 갔다. 산과 어둠의 경계가 사라졌다. 남매는 잠시 마주 봤다. 이어서 사람의 발

길이 닿지 않을 구석으로 가 땅을 파기 시작했다. 빠르게 해야 했다.

이것 말고도 수습해야 할 것이 많이 남아 있었다.

평옥 씨와
개다리춤을

엄마와 마지막으로 포옹한 건 열한 살 겨울, 셋째 이모네서였다. 이모는 몇 해째 부산에 살았다. 어느 날 엄마는 시내 나가는 모양새로 오빠와 나를 데리고 당신의 여동생에게 갔다. 기차인지 버스인지 무엇을 타고 갔는지 모르지만 기억 속 나는 별안간 부산에 와 있었다. 용두산공원 탑 앞에서 오빠랑 차렷한 사진이 있는 걸로 보아 나름의 관광도 했음이 분명하다.

그래도 알 수 있었다. 여행이 목적이 아님을. 부산행 며칠 전, 아빠의 흰색 와이셔츠가 사진 한 장을 떨궜고 다림질을 하다 말고 그것을 주워 든 엄마를 나는 힐끔 살폈더랬다. 화장대 중앙에 사진을 전시하고 엄마는 외출했다. 사진 속엔 엄마만큼 젊고 엄마보다 못생긴 여자가 있었다.

저녁을 먹고 이모네 작은방으로 들어갔다. 그 방엔 쌀 포대 같은 것도 있었다. 이모가 살피고 간 이불에 엄마, 나, 오빠 순서로 누웠다. 이윽고 따닥따닥 소리가 검은 고요를 깨웠다. 이불을 턱 밑까지 끌어오고도 우리 셋은 이를 부딪치며 떨었다. 냉골이었다. 나는 콧물을 질질 흘리면서 "엄마, 추워!" 했다. 그때 엄마도 훌쩍훌쩍 소리를 냈는데 우는 것일까 봐 엄마 쪽으로 몸을 돌리진 않았다. 몸을 돌린 건 엄마였다. 엄마는 "춥지?" 하면서 나를 꼭 안았다. 엄마가 팔베개해 주고 안자 우리는 손깍지 한 듯 밀착됐다. "이렇게 꼭 껴안는데도 춥다니!" 나는 깐족댔다.

환상처럼 남은 장면이다. 이후 30년이 흐른 지금까지 엄마와 손잡거나 포옹한 적 없다. 아빠의 외도로 상처 입은 엄마를 볼 때마다 나는 아빠와 공범이 된 듯했다. 아빠의 다정과 유머를 사랑함이 나의 죄목이었다. 다행히 손잡기와 포옹을 못 해도 사랑은 할 수 있더라. 나는 어려운 대상에게 잘 빠졌으므로 엄마를 사랑했다. 그게 아니어도 내 엄마 김평옥은 워낙 마성의 여인이었다.

마주 오던 행인이 평옥 씨의 어깨를 툭 치고 그냥 갔다? 우리의 평옥 씨는 참고 넘어가지 않는다. 사과를 요구하고, 사과를 받아 주고, 개다리춤을 췄다(눈을 의심할 필요 없이 개다리춤이라고 쓴 게 맞다). 만약 외삼촌이 "누나, 우리 언제 엄마 모시고 새조개 먹으러 가자!" 했다면 평옥 씨는 "그러니까 언제 몇 시에?" 하고 그 자리에서 약속을 잡는다. 평옥 씨에게 빈말한 자 두고두고 한 소리 들을지어다. 약속의 날 그들의 식도를 타고 내려가는 건 틀림없는 새조개다. 즐거운 평옥 씨는 개다리춤을 추고 개다리춤 신봉자들은 감격의 어깨춤을 춘다.

누구든 평옥 씨의 개다리춤을 목격한 순간 과거의 개다리들은 우주 저편으로 사라질 것이다. 배삼룡 할아버지가 생전 그녀의 춤을 못 봐 다행이다. 조금은 불행해진 채 생을 마감하셨을지 모르니. 평옥 씨의 개다리춤은 두 다리를 땅에 붙인 채 마름모꼴로 오므렸다 벌렸다만 하는 딱딱한 춤사위가 아니다. 숭구리당당 김정렬 아저씨도 울고 갈 유연성과 엇박자의 미학이 결합한 예술 작품이다. 춤이 곧 음악이기에 애써 노래를 찾아 틀 필요도 없다. 나비의 날갯짓처럼 팔랑팔랑 가볍게 부리는 재간이다.

나와 함께 「개그콘서트」 방청을 갔던 평옥 씨는 녹화 전 "춤 대결을 시작합니다! 상품도 있지롱." 하고 사회자가 외치자마자 KBS 공개홀 무대로 뛰쳐 올라갔다. 비보이랑 춤 대결을 펼친 평옥 씨. 비보이가 헤드스핀을 하자 엄마는 개다리춤으로 응수했다. 관객들이 언빌리버블을 외치며 흥분했다. 오로지 관객 투표로 1등을 거머쥔 개다리춤 여제는 상품으로 받은 디지털카메라를 100점짜리 시험지처럼 흔들며 내게 달려왔다. 평옥 씨가 살가운 엄마가 아니어도 좋았다. 손을 잡거나 안아 주지 않으면 어떤가? 우리 남매를 떠나지 않고 개다리춤을 춰 주는데.

학부 3학년 때였다. 수업을 마치고 친구랑 극장에 갔다. 순전히 배우 이범수를 좋아하는 친구 때문이었다. 결말로 한창 달려갈 때였다. 핸드폰이 울렸다. '전원을 안 껐었나?' 당황해서 핸드폰을 끈다는 것이 통화 버튼을 눌렀다. "소영아!" 아빠였다. 나는 "지금 극장이에요." 소곤댔고 아빠는 "다 보고 세브란스 응급실로 와. 엄마한테 접촉 사고가 났어. 큰 사고 아니니까 영화 끝까지 보고 와."라고 했다.

아빠의 침착한 톤에 정말 별일 아니구나 싶어 친구를 안심시키고 자리를 지켰다. 1분, 2분 시간이 흐를수록 보이지만 못 보고 들리지만 못 듣는 지경이 됐다. 아빠의 침착이 석연찮았다. 나는 극장을 박차고 나갔다. 그때부터 지하철에 몸을 실은 동안을 제외하고는 걷지 않았다. 신촌역부터 세브란스 응급실까지 쉬지 않고 달렸다.

얼마 전에 선물 받은 그림책 『모치모치 나무』를 재희와 읽다가 한 장면에서 멈췄다. 울지는 않았는데 재희는 "엄마, 이 장면이 그렇게 슬퍼?" 하면서 내 등을 가만가만 토닥였다.

사냥꾼 오두막에서 할아버지와 단둘이 살아가는 다섯 살

마메타는 밤마다 할아버지가 따라가 줘야 오줌을 눌 수 있다. 밖에는 밤만 되면 하늘 가득 풀어 헤친 머리카락을 부스럭대며 "와악!" 하고 두 손을 쳐드는 모치모치 나무가 있다. 할아버지는 모치모치 나무 앞에 쭈그리고 앉아 마메타를 세워 두고 "좋은 밤이다. 깊은 산속 사슴과 곰이 코 풍선 불며 곯아떨어졌겠지. 자, 쉬-이." 한다. 동짓달 스무날, 산신령 축제인 오늘 축시에 모치모치 나무에 불이 켜지고 그 광경은 용기 있는 딱 한 아이만 볼 수 있다고 할아버지가 말했다. "그럼 난 도저히 안 되겠네……." 마메타는 생각만으로도 오줌을 쌀 것 같다. 그날 밤, 마메타는 곰이 끙끙대는 소리에 잠이 깬다. 할아버지가 곰처럼 몸을 웅크리고 신음했다. "마, 마메타, 할아비는 배가 좀 아픈 것뿐이다." 그러나 할아버지는 방바닥에 쓰러져 더 심하게 신음할 따름이었다.

내가 멈춘 건 그다음 장에서였다.

'의사 선생님을 불러야 해!' 마메타는 강아지처럼 몸을 웅크리고는 문을 몸으로 들입다 밀어젖히고 내달렸다. 잠옷 바람에 맨발로 산기슭 마을까지 마메타는 울며 울며 달렸다. 아프고 춥고 무서웠지만, 할아버지가 죽는 게 더 무서워 의사 선생님에게로 달렸다.

스물두 살의 봄밤, 강아지처럼 몸을 웅크리고 신촌역 개찰구를 밀어젖혀 세브란스 응급실까지 내달리는 내가 보인다. 걸어가면 도착 전에 엄마가 죽을지도 모를 일이었다. 심장이 폭발하기 직전까지 달려야 신령님이 나를 어여삐 봐주시어 내 엄마를 살려 줄 것이었다. 도착하니 아빠가 울고 있었고, 저쪽에선 울면서 달려오는 오빠가 보였다. 오빠도 강아지처럼 웅크리고 개찰구로 돌진했을까?

의식 없이 응급실에 누워 있는 엄마에게 다가가다 말고 나는 숨만 몰아쉬었다. 멀리서도 보이는 코끼리 다리만큼 부은 엄마의 다리가 발길을 붙들었다. 장 파열로 목숨이 위태로워진 엄마는 수술실로 실려 갔다. 몇 시간 전, 연대 앞은 아수라장이었다고 한다. 회색 소나타와 파란 트럭이 정면충돌했다. 트럭이 중앙선을 침범할 때 마주 달려오던 차는 엄마의 소나타였다. 엄마의 해마에 충돌의 순간은 없다. 거인이 무심히 밟고 간 듯 소나타는 구겨졌고 엄마는 도로에서 발견됐다.

오랜 병원 생활 끝에 평옥 씨는 다시 개다리춤을 출 수 있게 되었다. 후유증으로 장 유착이 일어나 그 뒤로도 입원이 잦았지만, 평옥 씨는 언제나 집으로 돌아왔다.

재혼 전 얼마간 싱글맘이었던 엄마. 그 시기에 나 또한 싱글맘이 되었으니 한때 우리는 싱글맘 동지였다. 평옥 씨는 당신 딸에게 이러쿵저러쿵 훈계하지 않는다. 터널을 통과할 때마다 반달눈을 지으며 개다리춤을 춰 보일 뿐이다. 손을 잡지 않아도 포옹하지 않아도 우리는 서로에게 극진하다. 그나저나 마메타는 불 켜진 모치모치 나무를 봤을까, 못 봤을까?

'뽕' 하고
나타나는 것

나이 들수록 엄마와의 친밀감이 더해져서 좋다. 내가 어린 아이였을 때 엄마는 바람피우는 남편으로 인해, 새 콜라를 자식들이 먼저 따면 불같이 화를 내는 등 예민한 모습을 자주 비쳤으나 나에겐 곧잘 친절했다. 엄마는 틈 없이 꼼꼼하게 친 커튼 덕에 낮에도 동굴 같은 안방 침대 위에 웅크리고 있다가도 내가 쭈뼛쭈뼛 방문을 열고 뭐가 먹고 싶다 하면 바로 해 줬다(눈치 보면서도 먹고 싶은 음식을 말하는 나도 참 어지간했다). 말하지 않은 날에도 저녁이면 그날 당겼던 음식이 차려져 있곤 했다(엄마는 독심술사였다). 나는 오랜 시간 망설이다가 재희를 낳고서야 그것을 '사랑 정의록'에 등재했다.

　"사랑이란 상대가 먹고 싶어 하는 음식을 그의 눈앞에 '뽕' 하고 갖다 놓는 것."

　세상의 모든 '뽕'은 마법 아닌 정성과 시간의 산물이다.

나도 재희의 '먹고 싶다'를 무시할 수 없다.

어느 순간부터 엄마는 나를 어려워했다. 온전치 못한 가정에서 불안해하고 눈치 보며 사는 딸에게 미안해 그런 듯했다. 엄마 아빠 중간에 놓인 다리로 살아와 피로감에 독이 오를 대로 올랐던 나는 그것을 기회로 삼았다. 세상 어떤 집에도 '온전한 가정'이란 애초 성립 불가임을 몰랐던 나는 수틀리는 날이면 엄마의 부채감을 이용했다. 뾰족한 말로 엄마를 찔렀다.

엄마 생일이면 이틀 정도 엄마랑 보낸다. 어느 생일, 엄마는 닭들을 돌보고 와서는 마당 수돗가에 앉아 목포에서 온 뻘낙지를 손질했다. 나도 재희도 좋아하는 낙지다. 양지로 미역국도 끓였다. 삼겹살이랑 목살 수육이 다 익을 때쯤 벽난로 서랍에 고구마도 넣는다. 이어서 무채를 버무리고 …… 이로써 엄마 생일날 내가 좋아하는 음식들이, 엄마가, '뿅' 하고 나타났다.

조제의 달걀말이

조제가 달걀말이를 한다. 달궈진 팬에 부어진 달걀물이 고온의 기름과 반응하며 소나기 퍼붓는 소리가 난다. 「조제, 호랑이 그리고 물고기들」에서 조제가 달걀말이 만드는 장면을 볼 때면 여섯 살 적 내 생일이 떠오른다.

나는 푸른 도트 무늬가 콕콕 찍힌 하얀 원피스를 입고 머리는 포니테일로 묶었다. 저녁 무렵이라 오빠도 집에 있었을 텐데 그 기억에선 어쩐 일인지 한 번도 등장하지 않는다.

엄마는 막 달걀말이를 끝낸 참이었다. 엄마는 부엌 바닥에 나무 도마를 놓고 도마 위에 두툼한 달걀말이를 올려놓았다. 그러고선 등을 보이고 그 앞에 앉았다. 무언가 초조했던 나는 달걀말이를 썰고 있는 엄마에게로 가 옆에 자리를 잡고 앉았다. 나는 생각한다. '우아, 달걀말이에 초록 무늬가 그려져 있네? 내 옷에 그려진 건 파란 무늬인데!' 아, 그건 그렇고.

"엄마, 아빠는 왜 아직도 안 와?"

"몰라."

"오다가 교통사고 당했으면 어떡해?"

그러자 그때까지 등과 측면만 보이던 엄마가 고개를 들어 허공을 잠시 응시하나 싶더니 휙 돌아보고 소리쳤다.

"뭐? 누가 그런 재수 없는 소리를 해! 너는 네 아빠가 사고 났으면 좋겠어? 그런 거야, 어?"

"……"

나는 아무 말도 하지 못했다. 실은 너무 놀라 엉엉 울고 싶었지만 나는 목청껏 우는 그런 캐릭터가 아니었던 탓에 양 입술을 말아 넣고선 그저 내 손만 바라봤다. 바라볼 손이 있어서 참 다행이지. 눈물만 뚝뚝 떨어졌다.

그 와중에도 무심한 달걀말이 냄새가 콧속으로 쳐들어왔다. 나는 '한 조각만 집어 먹었으면' 하는 바람에 사로잡혔지만, 달걀말이를 하기 전부터 기분이 안 좋았던 엄마의 화를 더욱 돋운 죄로 구경만 할 뿐이었다.

별수 없이 들어가 있던 입을 이번엔 쑥 내밀고선 바닥에 떨어진 눈물 웅덩이만 손가락으로 칠하는데, 엄마가 '자!' 한다? 고개를 드니 달걀말이 한 조각을 손에 든 엄마가 '아—

먹어 봐.' 하는 것이 아닌가. 그것을 받아먹은 내 기분이 한 순간에 좋아졌다. 배시시 웃었고, 엄마는 맛있냐 했다.

구체적인 다음 기억은 없으나 생일상 앞에서 찍은 사진으로 유추한 결과, 아빠는 집에 들어왔고 오빠도 집에 있었다. 사진 속에 생일상을 앞에 둔 여섯 살의 나, 젊은 엄마, 이 빠진 오빠가 활짝 웃고 있으니 말이다. 우리는 카메라를 들고 한쪽 눈을 감은 아빠와 마주 보고 있었겠지.

그 생일상 가운데엔 소박하지만 특별한 달걀말이가 있다. 그저 달걀말이 한 조각 같은 기억이다. 아주 평범한 이야기. 그러나 평범한 일상이란 또 얼마나 특별한가, 달걀말이처럼. 달걀부침으로 할 수도 있는 것을 굳이 풀어서 대파를 섞고 예쁘게 돌돌 말기까지 했으니, 평범과는 거리가 멀지 않은가 싶다. 엄마가 나에게 달걀말이를 해 주면 나는 귀한 사람이 된 것 같았다. 달걀말이처럼 표정도 마음도 예뻐진 나는 지금도 '엄마가 해 준 이 달걀말이를 먹고 착한 사람이 되어야겠다. 그러라고 달걀을 이렇게 예쁘게 말아 주셨으니까!' 한다.

누군가 사랑이 무어냐 묻는다면 '자식 때문에 화가 나도 자식의 입에 달걀말이 한 조각 넣어 주는 것'이라 대답할지도 모르겠다.

허름하고 지저분한 조제의 집을 보고 밥을 얻어먹기 께름 칙했던 츠네오는 머뭇거리며 국을 뜨고 반찬을 맛본다. 하지만 곧 조제네 집밥에 홀딱 반한 츠네오는 달걀말이가 맛있다며 조제에게 칭찬의 말을 건네는데, 나라면 "고마워요, 총각!" 헤헤거렸을 것이다. 그러나 우리의 조제는 다르다.

츠네오: (초면이라 어색하게) 달걀말이가 맛있네요.

조제: (특유의 느리고 단조로운 어조로) 당연하지. 내가 만들었는데 맛없으면 이상하지.

츠네오: (뭐지? 하는 표정으로 밥을 먹으며) …….

조제: 근데 나중에 배 아플지도 몰라. 달걀 껍데기에 닭똥이 묻어 있었어. '살모넬라'.

츠네오: 살모넬라?

조제: (한심하다는 눈빛으로) 식중독의 40퍼센트는 살모넬라균이 원인이라고. 그런 것도 모르나, 대학생이나 돼서.

츠네오는 이내 미소 지으며 계속 살모넬라균이 있을지도 모를 달걀말이를 잘 먹는다. 나는 여기서 예감했다. 츠네오도 나처럼 달걀말이의 마법에 빠질 거라고. 그 안에 섞인 건 살모넬라균이 아닌 사랑스러운 조제이니 말이다. 그랬으니 그 말을 듣고도 젓가락질을 멈추지 않았던 거겠지.

가장 서러운
거짓말

너는 언제가 가장 서러웠냐 묻는다면 나는 그 저녁에 대해 말할 것이다. 그 빌어먹을 거짓말에 대해.

열 살 때까지 좌식 생활을 했다. 어떤 이불을 깔았는지는 기억나지 않는다. 다만 베개 하나가 뚜렷하게 그려지는데, 그 베개에 프린트된 그림을 보다가 나는 자주 아련해졌다.

우리 아파트에는 요일별로 트럭이 찾아왔다. 각각의 트럭은 완전히 같거나 거의 같았고, 사장님과 파는 물건은 달랐다. 하루는 롤러스케이트를 타고 단지를 누비던 중 장을 보고 돌아오는 엄마와 마주쳤다. 마주친 곳은 그날의 트럭 앞, 형형색색의 이불과 베개가 평상에 전시되어 있었다. 내 눈이 커졌다(담요를 끌고 다니던 라이너스가 안에 있는 나는 지금도 대형 마트에 가면 살 게 없어도 잠시 이불 코너에 머무른다). 베개 하나에 마음을 뺏긴 것이다. 그때나 지금이나 조르는 법 없는 나여서 그것을 바라만 보는데 이럴 수가, 엄마가 내 마음을 알아챘지 뭔가.

"그 베개가 맘에 들어?"

"응, 그림이 너무 예뻐. '평온' 이런 말이 떠올라."

"아저씨, 이 베개 얼마예요?"

"엄마! 나 사 주게?"

"사지, 뭐. 평온 어쩌고 하는데."

진정한 '서프라이즈'다. 그날부터 베개를 끌어안고 살았다. 어른 베개랑 가로 길이는 비슷하고 세로는 현저히 짧은 어린이 베개였다. 약간 푸른빛이 도는 하얀 바탕에 엄마와 아기 토끼, 당근 따위가 담긴 바구니가 반복적으로 프린트된 베개였다. 열 살이었지만 시시한 그림이 아님을 알 수 있었다. '베개의 행방불명'의 전말을 기억 못 할 만큼 세월이 흐른 어느 날, 서점에서 책을 고르다가 그림의 정체를 알게 되었다. 시시하지 않은 그림이 맞았음을 확인한 순간이었다. 피터 래빗! 피터 래빗 가족 그림이었다.

열 살이 천진할 거란 생각은 버려야 한다. 자기 마음 편하자고 어린이를 그저 천진하게 보는 건 나태함일지니. 자의식이 발현한 날부터 자신을 천진하다고 여긴 적 없다. 남들에겐 별것 아닌 일이 나에겐 상처로 다가오곤 했다.

그날도 나는 학교에서 돌아오자마자 방구석에 틀어박혀

있었다. 피터 래빗 베개를 끌어안고 있다가 나는 그대로 쓰러져 잠이 들었다. 한참을 무서운 꿈에 시달리다가 겨우 깨어났다. 내 방이 분명했으나 현실감이 없었다. 몽롱한 채로 비틀비틀 거실로 나갔다. 전등이 켜져 있었고, 베란다는 캄캄했고, 창밖 멀리 남산타워는 별처럼 반짝였다. 그리고 소파에는 오빠가 앉아 있었다. 나는 눈을 비비며 오빠에게 하지 말아야 할 질문을 던졌다. 그 질문이 오빠에게 모종의 영감을 불어넣을 것이라는 가까운 미래도 모른 채.

"오빠, 지금 새벽이야?"

"어, 지금 새벽이야."

"응. 그런데 엄마 아빠는 왜 아직 안 왔어?"

오빠가 미간을 찡그리며 심각한 얼굴을 했다.

"교통사고 났어."

"뭐라고?"

"교통사고 나서 병원에 있다고, 엄마 아빠. 어쩌면 죽었을지도 몰라."

순간, 열 살의 나는 질문을 거두고 그 말이 진실이라고 굳게 믿은 채, 아니 굳게 믿고 말고 할 것도 없이 어떤 의식의 과정을 거치지 않고 받아들임으로써! 목놓아 울기 시작했다. 몽롱을 벗어던지고 통곡했다. 그러니까 나는 엄마 아빠를 한 번 잃었던 사람이다. 참담했던 심정이 지금도 생생하다.

202

그때 오빠의 표정을 기억한다. 동생에게서 처음 들어 보는 짐승 울음에 당황하고 놀라 자신도 울기 직전이 되어 버린 그 표정을.

"울지 마, 울지 마. 거짓말이야! 엄마 아빠 안 죽었어, 진짜야!"

"……?"

"그리고 지금 새벽 아니야, 저녁 7시밖에 안 됐어."

나는 울음을 그치고 시계를 봤다. 시간을 확인한 열 살이 더 맹렬하게 울어 댄다. 서러웠다. 영상으로 설명하는 사전을 만든다면 '서럽다.'라는 말은 내가 맡을 거다. 이 장면을 찍을 것이다. 학교에서 상처받고 와 잠든 내가 악몽까지 시달렸는데 꿈에서 깨자마자 들은 말이 엄마 아빠가 죽었단 비보라니! 근데 그게 거짓말이라고?

나는 방으로 달려가 피터 래빗 베개를 들고 왔다. 온 힘을 실어 휘둘렀다. 피터 래빗이 오빠 얼굴을 빡! 정통으로 때렸다. 와우, 평소와 달리 오빠가 맞아 줬다.

아는 욕이란 욕은 모조리 쥐어짜 오빠에게 퍼부었다. 그리하여 미지의 날짜인 그날 저녁 7시는 오빠가 묵묵히 내 욕을 받아 준 유일의 시간으로 남게 되었다나 뭐라나.

이별 후에야
알게 되는 말

한때 내가 가장 사랑했던 할머니를 마지막 즈음 깊이 미워
했다. 얼굴만 봐도 화났고, 목소리도 듣기 싫었고, 특히 나
를 보는 할머니의 눈길을 견딜 수 없었다. 나는 상처 주는
말은 또 못 해 그저 침묵으로만 그녀 앞을 오갔고(말 걸지 않
음으로 말을 걸어 이미 상처를 드렸겠지만), 딱 한 번 "저 좀 그
만 보세요." 건조하게 성낸 적이 있었다. 곧바로 마음이 불
편해진 나는 방으로 올라가면서 혼자 중얼거렸다.

　"그러니까 엄마한테 왜 그러셨어요."

　스물여섯의 어느 여름날, 내 나이의 딱 반을 먹은 이복
남동생의 존재를 알게 되었다. 그때 받은 충격은 그로부터
10년 뒤 남편의 외도를 알게 됐을 때만큼이나 컸다. 두 집
살림은 외도의 영역이 아니다. 범죄다. 아내와 자식들의 영
혼은 살해당하고도 죽지 못한 채 계속 그 여파에 휘둘려 살

아가야 한다. 부당하여 억울했다. 잘못한 그들보다 무구한 우리가 더 괴로운 시간을 보내고 있는 것이 복장 터졌던 나는 자살을 해서라도 그들의 추악한 면모를 세상에 알려야겠단 계획을 세우기도 했다. 처음으로 가출을 감행, 연락 두절 상태로 찜질방에 박혀 있었고, 아빠를 향해 아빠와 그 여자의 이름을 외치면서 둘 다 죽으라고 소리소리 지르기도 했다. 나도 처음 보는 내 모습에 엄마는 당신이 받은 충격은 뒤로하고 내 걱정만 했다.

저주가 엉뚱한 데로 튀었다. 칭칭이가 죽었다. 칭칭이는 열네 살 먹은 치와와로 우리 집 반려견이었다. 칭칭이가 치매에 걸려 자기 변을 먹고, 산책 도중 픽픽 쓰러지기 시작할 즈음 그 일이 터졌다. 자기가 제일 아팠던 우리 가족은 아픈 칭칭이를 살피지 못했다. 며칠 뒤 늦은 오후, 내가 들여다봤을 때 칭칭이는 나무토막이 되어 있었다. 아침까지만 해도 살아 있었는데 칭칭이가 죽어 버렸다. 내가 울기 시작했고, 엄마가 울었고, 뒤이어 오빠가 울었다.

그 순간, 우리집에서 지내고 계시던 할머니가 칭칭이를 둘러싸고 구슬피 우는 우리에게 소리쳤다.

"개새끼 한 마리 죽은 거 가지고 뭘 그리 울고 난리네! 동네 시끄러우니까 그만하라우!"

나는 다음 상황을 예감했고 그것은 적중했다. 엄마가 눈물을 훔치더니 자리에서 서서히 일어났다.

"어머니! 그게 지금 하실 말씀이에요? 강아지 생명은 생명이 아니랍니까? 그리고요. 왜 애비한테 아무 말씀도 안 하세요? 이 난리가 났는데 왜 침묵하시는 거냐고요!"

나도 그게 궁금했다. 할머니는 그 전까지의 득의양양은 어디로 보내고 베란다 밖 산 쪽으로 눈길을 돌리더니 혼잣말인지 대답인지 모를 모호한 데시벨로 이렇게 말씀하셨다.

"남자가 사업하다 보면 그럴 수도 있지."

순간 토할 뻔했다. 피가 거꾸로 솟았고, 당장 큰집으로 돌아가라고 소리치는 내 모습을 상상했다. 할머니는 엄마랑 눈도 못 마주치면서 하고 싶은 말을 기어이 하고 말았다. 당신 아들을 두둔하겠다고 저런 조악한 대사를, 창피한 줄도 모르고.

엄마는 이혼을 요구한 적 없는 아빠에게 누구 좋으라고 이혼해 주냐 일갈하더니 정신없이 집을 구하러 다니기 시작했다. 이사라도 해야 살 것 같다면서(훗날 내가 비슷한 일을 당하고 나서야 그 심정을 이해했다. 진정한 이해는 나중에 오기도 한다). 그리하여 우리 가족은 20년을 지낸 아파트를 떠나 단독 주택에서 새로운 삶을 시작했다. 물론 할머니도 함께.

단독 주택으로 이사하고 신기하게도 우리 가족은 어느 정도 안정을 찾았다. 엄마의 결단과 추진이 맞아떨어진 것이다. 변하지 않는 것이 하나 있었으니, 할머니를 향한 나의 증오심이었다. 괴로웠다. 집에만 들어서면 누군가를 미워해야 하니 사회에서 쌓인 피로가 귀가와 동시에 극대화되어 사는 게 사는 것이 아니었다. 에너지가 고갈됐다.

나는 마음을 고쳐먹고 때때로 할머니에게 말을 걸어 드렸다. 그러면 또 할머니는 나를 보고 웃으시는데 웃는 할머니의 얼굴을 보고 있노라면 가슴이 일그러졌다. 일그러진 가슴 언저리를 애벌레가 돌아다녔고, 나는 몸서리치면서 쌩하니 방으로 올라갔다.

일요일 낮이었고 가족 모두가 집에 있었다. 나는 낮잠을 자다가 엄마가 우는 소리에 깼다. 잠에서 깬 엄마가 할머니 방에 대고 "장 보고 올게요." 했는데, 고요해 방문을 열어 보니 할머니가 잠들어 있었다고 한다. 낮잠 도중 할머니의 시계가 멈췄으니 그것은 맞는 말이다. 오빠도 아빠도 낮잠을 자고 있었다. 모두가 낮잠을 잤는데 할머니만 못 깨어났다. 자느라고 임종을 지켜본 이가 없었다. 하지만 모두가 낮잠을 안 잤어도 임종을 함께하진 못했을 것이다.

"사이다 좀 사 다오."

그 말이 유언이 될 줄 몰랐던 나는 "조금만 이따가요." 해 놓고 사이다를 사러 가지 않았다. 돌아가시기 전날인가 그보다 더 전인가, 할머니께서 퇴근해 들어오던 나에게 한 부탁이었다. 나는 그때 회사 일로 스트레스를 받은 상태였고, 잠깐 쉬고 다녀와야 했다가 그만 그것을 잊었다. 할머니를 추모공원에 모시고 돌아온 날부터 나는 매일 꿈속에서 사이다를 사 왔다. 사이다를 사 오고 또 사 왔으나 내민 사이다를 받는 손은 끝내 등장하지 않았다.

"할무니, 저는 할무니가 세상에서 제일 좋아요."

국민학생 때 할머니가 우리 집에 오신다는 소식을 들으면 그날부터 애가 탔다. "엄마, 할머니 내일 오셔?" "아니, 세 밤 더 자야 해." "엄마, 할머니 이제 내일 오시는 거지?" "아니, 두 밤 더 자야지." "엄마, 할머니 진짜로 내일 오시지?" "그래, 내일 오신다, 오셔."

마침내 그날, 학교에선 시간이 왜 그렇게 느리게 가던지. 발을 동동 구르던 나는 종례를 마치자마자 냅다 집으로 달려갔다. 현관문을 열고 할머니의 단화부터 확인했다. 있다, 있어!

"할무니이이이이이!"

"아이고, 우리 고명딸 내 강아지!"

둘은 얼싸안고 꼭 붙어서는 그때부터 베프 놀이를 시작했다. 우리가 '쫑쫑쫑'이라고 불렀던 다이아몬드 게임을 하고, 저녁을 먹고, 할머니랑 나란히 누워 어둠 속에서 이야기를 나누는 것이다. 옛날 옛날에 호랭이가 살았어요, 이야기를 들려주시면 나는 할머니의 팔을 흔들면서 하나만 더, 하고 졸랐다. 할머니가 큰집으로 돌아가는 날, 나는 종일 울었고 며칠을 앓았다.

할머니가 가지고 간 나의 마지막 말이 "할무니, 저는 할무니가 세상에서 제일 좋아요."였으면 좋겠다. 그러나 내 마지막 말은 "조금만 이따가요."였다. 할머니는 조금만 이따가 사이다를 사 올, 사 온 사이다를 같이 마시면서 쫑쫑쫑을 하고 나란히 누워 옛날 이야기를 나눌 예전의 그 손녀를 늘 기다렸다. 나는 알고도 모른 척했다.

다시 돌아가도 할머니가 엄마에게 똑같은 말을 한다면 나도 똑같이 행동할 것임이 분명하지만 그래도, 사이다는 바로 사 올 텐데, 이제 그것만은 할 수 있는데…….

나는
줄넘기 달리기 선수

재희가 일곱 살 때 일이다. 그날 재희는 어린이집에서 줄넘기를 스물세 번 넘었다고 자랑했다. 엄마도 줄넘기를 잘하냐 묻기에 그렇다 했다. 실제로 나는 줄넘기를 잘하니까. 그랬더니 자기네 반 민석이는 줄넘기를 하면서 달릴 수도 있다는 게 아닌가.

"엄마, 엄마도 줄넘기하면서 달릴 수 있어?"

학창 시절을 통틀어 초등학생 때가 가장 힘들었다. 초등학생은 독한 것들이다. 여과 없이 뱉은 말로 상처를 주고받는 경우가 비일비재했다.

5학년 여름, '줄넘기 달리기 대회'가 열리는 날이었다. 달리기를 잘했던 나와 우리 반 여자 짱 혜선이 일찌감치 반 대표로 뽑힌 상태였다. 큰일이다. 나는 달리기는 잘해도 줄넘기를 하면서 달리는 건 자신 없다. 그러나 선생님께 "저는 줄넘기를 하면서는 못 달립니다."라고 할 용기가 없던 나는 피 말리는 하루하루를 보냈고(그 시간에 연습이나 할 것이지) 결국 그날은 오고야 말았는데, 이런!

반 대표가 아니었다. 홀수 반과 짝수 반을 청군과 백군으로 나눠 승부를 겨루는 방식 아닌가! '젠장, 잘못하면 300명이 넘는 아이들의 원성을 살 판이잖아?' 나는 줄넘기를 들고 로봇처럼 운동장 가운데로 걸어갔다. 운동장 한가운데, 이곳은 내가 어제 사방치기를 했던 그곳이 분명하건만 완전히 다른 세계처럼 보였다. 전면 계단엔 5학년 전원이 빽빽하게 앉았으니 부담 백배. 국가 대항전도 아닌데 뭐 저리 열띠게 응원하는지! 이것들아, 셧 더 마우스! 소리치고 싶었으나 "선생님, 저는 줄넘기를 하며 달리지는 못하지 말입니다."라는 말도 못 꺼내는 내가 품을 만한 꿈이 아니었다.

저 멀리 백련산을 바라보며 달리기를 잘해 온 지난날을 반성했다. 그놈의 달리기는 왜 잘해서. 그거라도 뽐내고 싶었단 말인가. 이해한다, 뭐라도 잘한다는 걸 보이고 싶었겠지. 제발 순서라도 잘 받았으면 했지만…… 실제는 드라마보다 더 드라마틱하다. 나는 마지막 주자였다. 쓰러질까? 오늘 기온이 몇 도였더라? 아니, 이 콧속을 돌아다니는 상쾌한 공기는? 여름인데 왜 이렇게 쾌청한 거야. 신 같은 건 없어!

내가 신의 유무를 논하거나 말거나 경기는 시작되었다. 우리 반은 청군이다. 어느 쪽이라도 좋으니 상대의 추격 의지를 꺾을 만큼 앞서가길 바랐으나 양 선수마다 계속 붙어 달리는 것 아닌가. 아, 미치겠네. 조금 있으면 내 차롄데, 제발 아무나 치고 나가라고! 기어이 그 상태로 우리 반 여자짱 혜선이 차례까지 왔다. 혜선이가 한 바퀴 돌고 와 내 등을 치면 나도 줄넘기를 하면서 운동장을 한 바퀴씩이나 달려야 한다(반 바퀴도 아닌 한 바퀴로 정한 이유가 뭔지)!

그런데 말입니다? 갑자기 와아아 환호성이 커졌다! 혜선이가 판도를 바꿔 버린 것이다. 거의 4분의 1바퀴 정도의 격차를 벌려 놓으며 나를 향해 달려오는 혜선, 그리고 이러다가 입으로 튀어나오는 건 아닐까 싶을 정도로 요동치는 나의 심장. 혜선이가 온다. 오고 있다. 난 할 수 있어! 격차가 벌어졌으니 저것만 유지해도 나는 할 수 있어! 탁 하고 내 등에 혜선이 손이 닿았다. 달리자!

나는 달렸다. 아니 달렸다기보단 넘었다. 줄넘기를 넘으면서 천둥 같은 응원 속에 열심히 열심히 나아갔다. 뒤에 오고는 있나? 어디까지 왔나? 그런 걸 생각할 여력이 없었다. 그냥 묵묵히 줄넘기를 넘고, 또 넘고, 반 바퀴 남았고, 넘고, 넘고, 걸리고, 뭐? 걸리고라고? 응, 걸리고! 걸리고, 또 걸리고.

망했다. 한 번 말리면 계속 말린다는 말을 들어 보셨는가. 이 경우가 그것의 적절한 예시라 할 수 있겠다. 한 번 발에 걸린 줄넘기는 연속으로 걸렸다. 결승선을 코앞에 두었을 즈음 줄넘기가 또, 또! 발에 걸림과 동시에 세계는 느려졌고 백군 아이가 실실, 시일시일, 웃으며 내 옆을 지나쳤다. 아이의 이름은 알 수 없으나 환희에 찬 얼굴로 스쳐 지나가던 그 모습만큼은 생생하다.

나는 고개를 숙이고 우리 반 대열로 돌아왔다. 싸늘한 시선들, 죽고 싶었다. 이 계단에서 구르면 죽을 수 있나? 정말 그런 생각을 했던 것 같다. 한 명이 입을 열었다. 야! 너는 다 이긴 경기를 져 버리냐? 그리고 또 누군가가 빈정댔다. 그러니까 말이야, 혜선이가 다 이겨 놓은 경기를 망치고 난리야! 그러자 너 나 할 것 없이 비난의 화살을 쏘아 대기 시작했다.

그때였다. 우리 반 반장 김우석이 소리를 질렀다. "야! 조용히 못 해? 지금부터 입 여는 것들은 다 죽인다!" 그 순간 파리가 날아들었다면 날갯짓하는 소리까지 들을 수 있었을 것이다. 김우석이 누구냐? 공부 아닌 주먹으로 반장이 된 아이 아니던가! 그런 개가 나를 좀 좋아했다. 하하하– 이런 게 바로 조폭 두목 애인이 받는 비호 뭐 그런 건가!

그날 일은 트라우마로 남았고, 지금도 줄넘기를 볼 때면 심장이 빨리 뛴다. 줄넘기만 쉬지 않고 천 개를 넘고 쌩쌩이 스무 개를 돌려 대는 내가, 줄을 넘으면서 달리는 건 못한단 말이다. 줄넘기 경기만 하든지 달리기 시합만 하든지 할 것이지 둘을 왜 섞느냐 이 말이다.

"엄마, 줄넘기 넘으면서 달릴 수 있냐니까?"

"어? 당연히 할 수 있지! 자주 걸려서 그렇지 할 수는 있다고."

최선의 대답이었다.

햇빛검댕이와의 조우

아홉 살까지 나고 자란 태봉연립 101호 베란다엔 지름 70센티미터 정도의 벽돌색 고무 대야가 있었다. 일명 다라이 말이다. 아빠는 가끔 낚시해 온 붕어, 메기, 향어 따위를 다라이에 쏟아부었다. 한번은 그보다 더 큰 붕어가 그 안에 담겼다. 붕어 허리가 휘어졌다. 월척이다, 으하하! 득의양양 웃음을 터뜨린 아빠는 기념사진을 찍어 준다며 남매에게 '붕어를 들어 올리거라.' 주문했다.

엄마는 여름엔 다라이에 나를 담갔고, 바람이 서늘해지면 그 안에 배추를 절였다. 다라이에 물고기나 내가 들어가지 않을 때도 그 안은 늘 반쯤 물이 채워져 있었다. 한가하기 짝이 없던 여덟 살의 한낮, 나는 다라이 앞에 쪼그리고 앉아 벽돌색 물을 하염없이 바라봤다. 멍때리기는 내 중요한 과업이었다. 길게 봤다. 무엇이든 하나를 콕 집어 그것을 오래

응시하면 환상의 세계로 접어든다. 아직 '우주'를 몰라 우주라는 말을 생각해 내지 못했을 뿐, 지금 떠올리니 우주로 다이빙한 것이었다.

그때였다. 바닥에서 뭔가가 꿈틀! 놀란 내가 스프링처럼 튀어 오르면서 다라이를 발로 찼다. 물결이 일었다. 영화 「인셉션」에서 토템의 회전을 확인한 사람처럼 나는 현실임을 인지하고 다시 앉았다. 물결이 잠잠해지기만을 기다렸고, 수면이 평평해졌고, 그것이 모습을 드러냈다.

플라나리아를 10분의 1로 축소한 모양의 검정 생물이었다. 한 마리가 아니었다. 우글거렸다. 이전에도 이후에도 나는 그런 수생 동물을 본 일이 없다. 그 어린이는 벌레 포비아 환자인 지금의 나로선 상상할 수 없는 나다. 개구리고 메뚜기고 여치고 다 손으로 잡고 다니던 시절이었다. 나는 망설이지 않고 손가락을 쑥 넣었다. 하지만 너무 작고 물속에 있기까지 한 개들은 결코 손에 닿지 않았다.

어릴 땐 현상의 원인을 의식의 흐름대로 내 멋대로 상상한 다음 한 치의 의심 없이 그것으로 결론짓곤 했다. 과정이 깔끔했다. '내가 보는 대로, 보임이 주는 생각대로 정한다.' 이 명제는 너무나 당연했다. 속에 여백이 많아서 자신만만한 어린이는 모든 현상을 해석하고 설명할 수 있었다.

나는 손가락을 휘 저으면서 미간을 찡그렸다. 음, 알겠다.

저것들은 햇빛검댕이다. 고인 물에 햇빛이 들어오면 저절로 생겨나는 햇빛검댕이들. 3일 동안 물이 부족하면 애네는 태어날 수 없다. 아닛! 그렇다면 우리 엄마가 이 비밀을 알고 있다는? 그래서 매일같이 물을 담아 놓는 것인가? 엄마의 정체는 대체 뭐지? 분한 마음에 엄마에게 달려갔다.

"엄마! 저 햇빛검댕이들 엄마가 키우는 거야? 왜 나한테는 말을 안 했던 거야? 저렇게 신기한 걸 엄마만 알고 있었던 거야? 너무해!"

나는 땡깡을 부렸고, 그러므로 결론은 하나일 수밖에 없었다. 등.짝.스.매.싱.

쫘악, 앗 따가워! 저 빌어먹을 햇빛검댕이들 때문에 엄마한테 등짝을 처맞았다! 나는 엉엉 울면서 밖으로 나가 동네 친구 아무개랑 쓰레기통을 타고 놀았다. 88올림픽 전까진 집집마다 대문 앞에 시멘트로 만든 소인들의 집 같은 쓰레기통(?)이 있었다. 그리고 빨간 돌을 회색 돌로 빻아 가며 소꿉놀이를 하다가, 분꽃으로 귀고리를 하다가, 사루비아 꿀을 쪽쪽 빨아 먹다가, 우산으로 집을 짓고 놀다가 했다.

다음 날. 다라이 앞에 쪼그려 앉았다. 물속을 응시한 끝에 나는 햇빛검댕이들이 햇빛으로 돌아갔군, 정도로 결론 내려 사실화했다. 무료한 이 여름날을 어떻게든 보내야 했다. 나는 벌떡 일어나 시멘트 쓰레기통으로 달려 나갔다.

그 여름의 아맛나

"재희 방학했다면서, 안 와?"

엄마의 전화를 받고 횡성행 기차를 탔다. 전원 속 외할머니의 이층집을 좋아하는 재희가 도착하자마자 집 안 곳곳을 탐험한다. 강원도의 여름은 맹렬하다. 냉커피를 타려고(냉커피라는 말을 쓰면 옛날 사람이라지만 나는 꿋꿋하다) 얼음을 꺼내는데 냉동실 선반에서 툭, 뭐가 떨어진다. 엄마의 도토리, 아맛나. 아맛나는 아이스크림 이름이다. 나는 1년에 한두 차례 좋아하지도 않는 아맛나를 사 먹는다.

나를 낳은 다음 날, 엄마는 엄마의 엄마가 보고 싶어졌다. '엄마는 왜 이리 늦는 거야?' 그 길로 애기 엄마 평옥은 신생아를 품에 안고 홍제동의 한 산부인과를 나섰다. 구멍가게에서 산 아맛나를 할짝거리면서 평옥 씨가 시장 입구로 사라졌다. 7월이었고, 평옥 씨의 스물세 번째 여름이었다.

병원 건너 시장에서 백반집을 꾸려 가던 할머니는 "엄마, 나 왔어!" 위풍당당 식당으로 들어오는 딸내미를 본 순간 미역이 넘실대는 들통에 국자를 빠뜨렸다. 그날 평옥은 고열로 죽을 뻔했단다. 어떻게 산모가 나가는 것도 모르냐며, 이 고열을 어쩔 거냐, 내 아내를 당장 살려 내라, 울 아빠가 의사의 멱살을 잡고 흔들었단다. 살아 있는 산모를 살려 내라니, 의사는 앞뒤로 흔들리는 자기 머리 박자에 맞춰 눈만 끔벅였다. 이 이야기를 듣는 것이 나는 좋다. 엄마를 사랑해서 아빠가 올챙이였던 나를 출동시켰단 증거니까. 초긍정의 사내가 다른 사람의 멱살을 잡는 데 필요한 건 사랑의 힘뿐이다.

평옥 씨는 강경의 날다람쥐였다. 여느 날처럼 평옥 씨가 지붕에서 지붕으로 뛰어다니고 있던 그때 여고생의 집에 새로운 하숙생이 도착했다. 서울에서 왔다고? 지붕에 앉아 도토리 대신 아맛나를 깨물며 서울 남자를 구경하던 평옥은 얼마 안 가 그와 강가에 나란히 앉게 되었다. 석양에 물든 척 얼굴이 주홍주홍 한 연인이 아맛나를 나눠 먹는다.

나누는 것이 아맛나만은 아니게 되면서 연인은 악동 기질을 기어코 발휘했다. 서울 남자가 평옥의 학부모인 척 학교에 전화를 걸어 수업 중인 평옥을 불러낸 것이다. 깔깔대는 연인을 태우고 강둑을 질주하던 자전거는 문득 날고 싶어졌다. 최고 속도에 도달해 막 이륙하려던 찰나, 이크, 자전거 앞바퀴가 돌부리에 걸렸지, 뭔가. 데굴데굴 강가로 굴러가는 연인에게 그 자신들의 웃음소리가 보호막을 쳤다. 괘씸죄까지도 아맛나 속 팥고물처럼 '달게' 받다니, 절레절레, 들을 때마다 고개를 저으면서도 나는 이 이야기를 들려달라고 가끔 조른다. 이모들도, 삼촌도 모두가 아는 이야기.

서울 남자는 서울 남자여서 서울로 돌아가야 했다. 평옥은 남자가 뒤돌자마자 땅바닥에 그대로 주저앉았다. 두 다리를 쭉 펴고 앙앙 울었다. 무용부였던 평옥은 다리를 180도까지 펼칠 수도 있었지만 그것은 어쩐지 동정보단 박수를 받을 풍경, 그리하여 평옥은 딱 절반인 90도로 각 맞춰 울었다. 치밀한 평옥 씨, 하지만 겁이 없진 않았던 평옥 씨. 다행히 서울에도 아맛나는 있었다.

평옥의 남편은 처자식을 먹여 살리겠다고 아침 일찍 나갔다가 다음 날 아침에 들어오거나 안 들어왔다. 어느 아침엔가는 아기였던 내 오빠를 안고 젖병을 물리던 스무 살 평옥이 출근하는 남편 등에 젖병을 집어 던졌다. 그러고선 주저앉아 이제는 180도로 펼쳐지지 않는 다리를 되는 대로 뻗고선 엄마아 엄마아 응앙응앙 울었다. 아기만은 꼭 안은 채였다. 아기가 따라 울자 젖병도 하얗게 울었다.

50원을 쥐고 내가 쭈쭈바를 혼자 사러 갈 수 있게 되자 엄마는 반색했다. 돌아오는 내 손엔 쭈쭈바와 아맛나가 함께 들려 있었다. 엄마는 아맛나를 사각사각 베어 먹으면서 내게 당신 무릎을 베고 누우라 했다. 엄마 원숭이처럼 엄마가 내 머리를 고른다. 엄마의 팔이 왔다 갔다 할 때마다 엄마 냄새가 났다(나는 그 냄새를 지금도 기억하는데, 동네를 걷다가 한 집에서 김치찌개 끓이는 냄새가 풍겨 올 때면 엄마 냄새도 찌개 바람을 타고 내 콧속으로 들어온다).

엄마 손톱에 톡톡 죽어 나간 '이'들이 신문지에 인쇄된 글자 사이사이 쉼표와 마침표가 되었다. 누운 채로 나는 코로는 엄마 냄새를 킁킁대고 입으로는 쭈쭈바를 쭉쭉 빨며 생각했다. '외할머니 젖을 먹고 자란 엄마의 젖을 먹고 자란 내가 이젠 엄마 젖 대신 쭈쭈바를 먹고 있네. 나도 아기에게 젖을 먹이게 될까?'

하지만 나는 내 아기에게 젖을 물리지 못했다. 진통 중에 의사를 붙들고 당장 나의 배를 열어 아기를 꺼내 달라고 눈물로 사정했다. 출산에도 모유 수유에도 의지가 필요했다. 살고 싶어야 했다. 그때만 해도 사위의 외도를 몰랐던 평옥은 동동대며 사위 먹일 빵만 사다 날랐다. 평옥은 어째서 딸의 뜬 두 눈이 아무것도 바라보고 있지 않은지 의아했지만, 산후 우울감이려니 했다. 묵언 수행에 괴로워하다가 나는 마취가 풀리는 때를 기회 삼아 베개에 얼굴을 묻었다. 새벽마다 조리원은 끓는 미역국 냄새에 잠식당했고, 나는 웩웩대면서 엄마 엄마, 송아지처럼 울었다. 그 옛날 평옥 씨처럼 두 다리를 뻗지는 못하고 동그마니 몸을 말아 울었다. 아맛나가 먹고 싶었다. 미역국을 좋아하고 아맛나는 먹지 않던 나였다.

밭에 갔던 엄마가 '미인 풋고추'를 한 소쿠리 따 왔다. 찜통에서 옥수수를 꺼내면서 엄마가 선풍기 앞에 누워 핸드폰 게임 삼매경에 빠진 손녀에게 물었다.

"재희야, 할머니가 키운 고추 먹어 볼래? 하나도 안 매워. 아삭아삭 달고 맛있어."

"아하하. 고, 고추요? 할머니, 저는 옥수수를 먹을게요."

풋! 휘어진 고추 같은 입을 하고 내가 웃었다. 세상에서 제일 사랑하는 두 사람의 대화가 낮잠을 불러온다. 눈을 감았다 떴다 하면서 나는 생각한다. '엄마랑 재희랑 같이 있으니 두려울 게 없구나.' 엄마도 나도, 더는 자신이 낳은 자식의 아비와 살고 있지 않지만 우리는 생애 최고의 평온한 여름을 통과하고 있었다.

나는 서울 여자여서 서울로 돌아가야 했다. 떠나는 기차에 대고 엄마가 손을 힘차게 흔들었다. 천천히 움직이기 시작한 기차 안에서 나도 손을 흔들었다. 어째 엄마의 움직임이 어색하다. 이런, 평옥 씨의 눈동자가 길을 잃었다. 엄마, 여기야, 여기. 나는 들리지도 않을 말을 차창 밖 엄마에게 건넸다. 엄마가 나를 보지도 못했는데 정확해서 매정한 KTX는 곧 횡성역을 완전히 벗어났다. 이게 뭐라고, 내 가슴이 뭉근해졌다. 눈물이 다 찔끔 나왔다. 이 기차가 속력을 끝도 없이 내다가 한순간 공중으로 날아오른다면 얼마나 좋을까. 운전석에 앉아 시동 걸고 있을 엄마에게 돌아가 손 흔드는 나를 보여야 하는데.

기차는 빠르고 창밖 하늘은 느렸다. 아무리 달려도 보고 있는 하늘만은 그대로였다. 그러고 보니 내가 본 하늘 중 엄마가 보지 않은 하늘은 없었다. 내가 태어나기 전의 엄마의 하늘을 나는 모른다. 내가 못 본 그 하늘 아래서 엄마는 어떤 꿈을 꾸고 어떤 사랑을 상상했을까?

그 순간, 움직이는 차창 캔버스에 파란 지붕의 집이 그려졌다. 지붕 위에 여고생이 앉아 아이스크림을 먹고 있다. 우리의 눈이 마주쳤다는 느낌이 왔다. 그러자 혁명가가 되리라 결심이라도 한 듯 벌떡 일어선 그 학생이 나를 향해 손을 흔들었다. 깃발을 나부끼듯 힘차게. 천천히 손을 들어 보이면서 나는 생각했다. 집 앞 무인 아이스크림 가게에 들러 아맛나를 사야겠다고 말이다.

4

불행이
가져온 행운

미워하는 사람,
내가 좋아하는 사람

자공이 여쭙자 공자께서 말씀하셨다.

"마을 사람들이 모두 그를 좋아한다면 어떻겠습니까?"

"그 정도로는 아직 안 된다."

"마을 사람들이 모두 그를 미워한다면 어떻겠습니까?"

"그 정도로는 아직 안 된다. 마을의 선한 사람들은 그를 좋아하고, 그 마을의 선하지 않은 사람들은 그를 미워하는 것만 못한 것이다."

– 『논어』 중에서

재희가 네 살 때 우리 모녀는 도서관에서 마련한 '엄마랑 아이랑 그림책 놀이' 수업을 들었다. 그림책을 읽고 내용에 맞는 그리기나 공작을 하는 식이었다.

일원 중 민우 엄마는 매번 지각하는 걸로도 모자라 소란

하게 등장했다. 문밖에서부터 "민우야, 거기서 뭐 해? 빨리
와!" 하고 큰 소리가 들려오면 엄마들은 서로 눈으로 속닥
댔다. 민우네는 비어 있는 책상에 슬그머니 가 앉는 법이 없
다. 민우는 들어오자마자 강의실 곳곳을 돌아다니고, 민우
엄마는 "이민우, 와서 앉아야지!"로 시작해서 어린이집 선
생님이 민우 기저귀를 종일 하나밖에 안 갈아서 그걸 따지
느라 늦게 왔다는 등 묻지도 않은 말들을 떠들었다. 나는 색
종이를 오릴 때나 풀칠할 때나 그녀와 눈을 맞추지 않았고,
수업이 끝나면 재희의 손을 잡고 제일 먼저 튀어 나갔다.

　마지막 날이 왔다. 작별 인사를 나누느라 그날만큼은 첫
번째로 퇴장하지 못했다. 재희의 손을 잡고 도서관을 나서
는데 누군가 "재희 어머님!" 소리쳤다. 나는 걸음을 멈추고
나만 들을 수 있는 한숨을 쉬었다. 다음 동작은 입꼬리만 올
리고 뒤돌기였다.

　"재희 어머님, 어느 쪽으로 가요? 다들 나랑은 다른 방향
이라고 하네?"

　"아, 저는 성당 방향이요(제발)!"

　"웬일이야! 진즉 알았으면 같이 다니는 건데, 항상 제일
먼저 나가시더라고. 마지막 날 알다니 서운하네."

　"(은근히 말을 놓는군)으하하. 제가 좀 동작이 빠르기로 유
명합니다."

우리 넷은 나란히 걷기 시작했다. 민우 엄마가 쉴 새 없이 내뱉는 각종 사회 불만 사항에 나는 기계적으로 고개를 끄덕였다. 어느덧 건널목 앞, 여기만 건너면 우리의 길은 갈라진다. 작곡자 미상의 허밍을 흥얼대면서 붉은색 신호등을 보고 있는데 민우 엄마가 "재희 어머님." 하고 넌지시 불렀다. 목멘 소리에 나는 고개를 돌렸다.

"우리 민우가 좋아질까요? 너무 산만해서요."

"그럼요. 재희도 여기저기 돌아다녔는데 못 보셨어요? 네 살이잖아요."

"어디에서든 럭비공 같으니 자꾸 이유를 설명하고, '엄마가 여기 있다!' 알려 주려고 큰 소리를 내게 돼요. 사람들이 저를 싫어하는 게 당연하죠."

색종이를 접다 말고 자기 엄마 핸드폰을 보다가 다른 아이를 툭툭 건드리다가 또 돌아다니다가 하던 민우 모습이 스쳐 지나갔다. 신호등이 바뀌었다. 길을 건너고도 우리의 대화는 이어졌다.

"저는 한 부모예요. 이혼하고 재희랑 둘이 살아요. 재희도 산만하단 소리를 간혹 듣는데 그때마다 상대방이 아빠의 부재를 이유로 세울까 봐 제 마음이 뾰족해져요. 다만 불안을 아이에게 드러내지 않으려 해요. 노력해도 묻어 나오지만요. 그럴 땐 괜히 웃긴 말을 떠들어 대면서 재희 정신을 쏙

빼놔요. 효과 좋으니 한번 해 보세요. 하하하."

민우 엄마의 눈이 커졌다.

그녀와 헤어지고 오면서 소설가 이기호의 수필「잔소리 대마왕」을 떠올렸다. 작가의 형수가 갑자기 입원하는 바람에 아홉 살 조카딸이 잠깐 그의 집에 머물게 된다.

처음 며칠은 괜찮았다. 닷새가 지나면서 본색을 드러낸 조카딸. 조카딸은 작가 부부와 세 명의 사촌에게 온갖 참견을 하고 다니면서 잔소리를 한다. 일일이 대꾸해 주던 아내도 어느 순간부터는 묵묵히 콩나물만 다듬는다.

그러던 중 조카딸과 작가의 아들이 놀이 도중 말다툼을 벌인다. 놀이 규칙을 어긴 아들이 조카딸에게 미안하다고 하나 사과는 받아들여지지 않는다. '진심으로' 사과하지 않았다는 게 이유였다. 작가의 아들은 방으로 뛰쳐 들어가 울부짖는다.

"누나는 말이 너무 많아요, 엉엉."

그날 밤, 작가의 곁에서 조카딸이 말한다.

"작은 아빠, 동생들이 제가 말이 많다고 싫어하죠? 제가요, 우리 오빠 때문에 말이 많아졌거든요. 우리 오빠가 아프잖아요. 제가 말을 많이 해야 오빠가 다치지 않거든요."

집에 들어온 지 30분 만에 민우 엄마 전화를 받았다. 그녀는 우리 집 주소를 묻더니 그로부터 30분 뒤에 또 전화해서는 잠깐만 나와 보라고 했다. 빌라 출입문을 나서자 민우 엄마가 보였다. 그녀가 수줍은 표정으로 오른손을 쑥 내밀었다. 손에는 주먹만 한 스누피 인형이 들려 있었다.

"재희가 인형을 좋아하더라고요. 지금 사 온 건 아니지만 새것이에요."

그녀와의 마지막 순간이었다. 지금은 내게 없는 그 인형을 나는 가끔 떠올린다. 재희를 생각하면서 인형을 골랐을 그녀의 순정만이 보였다. 한 부모의 아이에게 인형을 선물해야겠다는 그 단순한 발상이 나는 이상하게 좋았다.

민우 엄마는 마을 사람 모두가 미워하는 사람이 아니다. 그런 사람일 수 없었다. 그녀를 모두가 미워하는 사람으로 상정한 내가 마을의 좋지 못한 사람이었다. 우리는 그저 다른 결을 지녔을 뿐이다.

다만, 우리의 소망은 같으리라. 모두가 나를 미워해도 괜찮고, 마을의 좋은 사람들이 나를 좋아하지 않아도 상관없지만, 내가 좋아하는 사람들만은 나를 좋아하기를. 사는 동안, 아니 단 하루만이라도 좋으니 그들과 부둥켜안고 웃고 울 수 있기를.

재희 선생

얼마 전, 아이랑 극장에 갔다가 같은 건물 생활용품점에 들렀다. 계산하고 나오는데 근처 대형 마트 방향에서 삐용삐용 소리가 울려 퍼지는 것 아닌가. 재희랑 비슷한 또래의 남자아이와 성인 남자가 마트 입구에 서 있었다. 대형 마트 휴무일이라 입구에 셔터가 내려져 있었는데, 부자가 창살을 건드려 보안 업체 경고음이 울린 상황이었다. 그 소리라는 것은 또 어찌나 큰지 고막이 다 터질 지경이었다.

"뻔히 철문이 내려져 있는데 저걸 왜 건드려. 시끄러워 죽겠네!"

내가 툴툴대자 자기 가방에서 인형을 찾던 재희가 동작을 이어 가며 담백하게 말했다.

"몰랐겠지."

"응?"

"문을 건드리면 삐요삐요, 큰 소리가 날 거라고 생각 못 했겠지."

'몰랐겠지.'라는 말은 우주처럼 멀어 나는 그 말에 가닿을 수 없었다. 재희는 가까웠다. 재희의 손이 닿는 곳에 자리한 이해의 우물에서 건져 올려진 그 말. 그제야 당황해하는 부자가 눈에 들어왔다. 당장 달려가서 "놀라셨죠? 우린 괜찮으니까 괘념치 마셔요." 안심시키고 싶었다.

나도 그렇게 될 줄 모르고 했던 것들이 많다. 혼자 민망해하기도(주변인이 배려심을 발휘해 모른 척해 주기도 한다), 얼굴이 붉어진 나에게 '다 그렇게 실수해.' 하고 누군가가 등을 토닥여 주기도 한다.

아이가 선생이라더니! 재희 선생이 가방에서 토끼 인형을 꺼냈다. 우리는 다시 손을 잡고 월드컵공원으로 향한다. 산책하기 좋은 날이다!

그날 밤, 잠자리에서 동화책을 더 읽어 달라는 재희를 달래고 불을 껐다. 어둠 속 대화가 길어지다가 재희가 재희 이전의 유산된 아이들 이야기를 꺼냈다. 잘 듣던 내가 눈물을 뚝뚝 흘렸다. 그 일이 나에게 적잖은 아픔으로 남아 있던 게 맞다.

"엄마, 태어나지 못한 아이들은 유령이 돼."

"앗, 그러면 지금 우리 옆에 재희 언니 오빠가 있어?"

"아니, 유령이 돼서 하늘나라로 가는 거야."

"아하, 하늘나라로……. 정말 좋다. 거기서 계속 잘살고 있다니."

"응, 계속 삶을 이어 가. 계속 나이를 먹어. 그래서 여덟 살 되면 학교도 가는 거지. 그러니까 지금은 나보다 나이가 많겠지?"

나는 재희의 다음 말에 조금 더 울었다.

"혼자 사는 게 아니야. 아기 유령들은 하늘나라 부모님에 게 입양돼서 엄마 아빠랑 살아. 그런데 10년마다 1월 1일은 입양하지 않는 날로 정해져 있어. 하지만 걱정 없어. 그날 온 아이는 하나님이 직접 입양하거든."

나는 이 말 뒤의 괄호를 읽었다.

(이러나저러나 태어나지 못한 아기들은 하늘나라 부모님께, 그마 저도 안 되면 하나님께 입양되니 엄마는 언니 오빠 걱정 안 해도 돼!)

이 마지막 아이가 건넨 이야기 선물 덕분에 나는 먼저 보 낸 아이들과 정식으로 이별했다. 나의 구원자, 재희.

쪼꼬의 자기소개

안녕하세요. 나로 말할 것 같으면 세상에 나오자마자 꼬리를 잘리는 바람에 산책할 때마다 다른 푸들들한테 비웃음을 받는 열두 살 먹은 갈색 푸들, 쪼꼬라고 해요. 놀림 받을 때면 다시 엄마 배 속으로 들어가고 싶어지는 쪼꼬요.

그 안은 꼭 우주 같았어요. 어둠 속에서 무중력 상태로 둥둥 떠 있었거든요. 그런데 우주와 다른 점이 하나 있었어요. 소리요. 엄마 배 속에선 늘 엄마의 심장 뛰는 소리가 들렸거든요. 그 소리가 담요처럼 나를 감싸서 나는 언제까지고 엄마 배 속에 머무르고 싶었답니다. 그나저나 태어나자마자 내 꼬리를 왜 자른 걸까요? 토끼 꼬리가 됐어요. 제가 허락한 적도 없는데 말이죠. 인간들이란!

저는 재희 외할아버지의 친구네서 태어났어요. 그날도 창을 통해 들어온, 아기 손바닥만 한 햇빛을 쫓아다니고 있었

는데요, 난데없이 어떤 커다란 손이 저를 쑥 들어 올리지 않
겠어요? 저는 형제들이랑 인사도 하지 못한 채 자동차를 타
고 어딘가로 향했어요. 가는 도중 해가 졌고 엄마 품속에 있
던 그때처럼 사방이 어둑해졌지요. 재희 외할아버지 품에
안겨 초록 대문을 들어서자마자 눈앞에 작은 마당이 있는
이층집이 나타났어요. 조금 무서워서 안 들어가면 좋겠다
고 하는 그 순간 현관문이 열렸고 파도처럼 우아아아, 환호
성이 밀려왔어요. 그렇게 저의 두 번째 세계의 문이 열렸고,
새 가족과 행복한 나날을 보냈답니다.

행복은 오래가지 않았어요. 많은 일이 있었고, 모든 가족
이 뿔뿔이 흩어졌지요. 우리 엄마는 자주 울었어요. 그래도
아빠가 엄마를 안아 줘서 우는 횟수가 점점 줄어들어 다행
이었어요. 그런데 어느 날, 엄마의 울음소리가 '솔' 음으로
바뀌지 않겠어요? 그 전엔 '미' 음으로 울었는데 말이죠. 좀
이상해서 자세히 들어 보니까 글쎄, 그건 웃다가 울다가 하
는 소리였던 거예요! 이를 어째? 쉿! 잠깐만요. 아빠한테 전
화 거는가 봐요.

"두 줄 나왔어! 어, 진짜라니까? 알았어. 나도 일단은 말
씀 안 드릴 거야. 또 유산……될 수 있으니까. 어른들 실망
시키는 것도 한두 번이지. 심장 뛰는 거 확인하는 날 말씀드

리자!"

전화를 끊자마자 엄마는 '쪼오-꼬오!' 하고 괴성을 지르면서 개구리 포즈로 엎드려 있던 저를 향해 돌진해 왔어요. 그러더니 저를 품에 꽉 안고선 제 어깨에 머리를 묻는 거예요. 엄마 어깨가 들썩였어요. 아, 차가워. 엄마, 어제 목욕했는데 또 저를 씻기면 어떡해요. 잦은 목욕은 댕댕이 피부에 안 좋다고요. 그렇지만 이 말은 속으로만 생각했어요.

이번에도 행복은 오래가지 않았어요. 정말 이상하지요? 제가 처음 엄마의 세계에 들어왔을 때만 해도 저를 빼고 여섯 명이 있었거든요. 그러다가 두 명으로 줄더니 세 명으로 늘었다가 다시 두 명이 되었지 뭐예요?

엄마가 산후조리원에 있는 동안만 엄마 친구 집에서 지내기로 했던 저는 1년 반이나 집으로 돌아가지 못했어요. 돌아오니 이사한 집이었고, 재희가 있었고, 무엇보다 이상했던 건 이 집의 유일한 남자가 저뿐이라는 사실이었어요. 제가 없는 동안 무슨 일이 있었던 걸까요? 대체 아빠는 어디로 가 버린 거죠? 재희가 태어났는데 말이에요. 아기가 엄마 배 속에 온 그날 엄마랑 부둥켜안고 춤을 추던 아빠였는데 말이죠. 엄마보다, 나보다, 아기보다 더 좋아하는 사람이 아빠에게 생겼다니 믿을 수가 없어요.

다행히도 불행은 오래가지 않았어요. 재희를 사랑한다는 엄마의 자각이 행복을 불러온 것이지요. 처음부터 사랑한 건 아니라며 엄마가 자신을 미워할 때가 간혹 있지만 전 눈치 빠른 댕댕이걸랑요? 진실은 엄마가 처음부터 재희를 사랑했다는 사실이에요. 엄마만 모르고 있지요.

사랑은 웃음 속에서만 피어나지 않아요. 오히려 웃음만 가득한 때가 사랑하기 힘든 날일 수 있어요. 사랑은 웃음에 묻히기도 하걸랑요. 경험으로 체득한 사실이니까 제 말을 믿으셔도 돼요. 슬플 때 저는 기쁨으로 향하게 되었어요. 나는 지금 슬프고 절망적이야. 엄마는 왜 나를 데리러 오지 않는 거지? 그래도 나는 행복해지고 싶어! 그렇게 생각하는 순간 엄마의 친구인 혜진 이모, 그러니까 나의 새로운 엄마가 보이기 시작했어요. 그녀는 자기 친구를 대신해 저를 성심성의껏 보살폈답니다. 다시 엄마에게 돌아간 날부터 일주일 정도는 그녀를 기다리느라 현관 앞에 엎드려 있기도 했어요. 그 정도로 저는 혜진 엄마를 좋아했어요.

저는 매 순간 행복한 댕댕이였답니다. 저를 둘러싼 상황만 바뀌어 갈 뿐 제 안의 세계는 그대로였으니까요. 앗, 엄마의 웃음소리가 들려요. 우리 엄마도 자신이 그랬다는 사실을 알게 된 모양이에요!

쪼꼬의 사랑법

세상에, 내 이름이 초코도 아닌 쪼꼬라니 하여간 우리 엄마. 귀여운 척하고 싶으면 엄마 이름을 '홍쏘용'이라고 바꾸지 왜 나를 이용하느냐 이 말이다. 천재견인 나는 한글을 구사할 수 있지만 모든 말이 멍멍으로 발화되니 따질 수도 없고, 내 참.

눈밭에서 구르다 온 것 같은 하얀 천사 밀크를 산책길에서 마주칠 때마다 나는 멍멍신 '바우와우스'에게 빌고 또 빈다. 제발, 이 순간만큼은 엄마가 제 이름을 부르지 않게 해 주세요. 앗! 내 몸이 또 저절로 샛별문방구 옆 전봇대로 향하고 있다. 오른쪽 뒷다리를 들고 시원하게 갈기고 싶다. 제발 참아, 참으라고. 어어, 올라간다. 다리가 올라간다! 올라갔다…….

"쪼오-꼬오! 여긴 안 된다고 했지?"

망했다. 밀크의 코웃음이 들린다. 어이하여 밀크는 코웃음까지도 예쁜지. '풋' 하자마자 밀크의 미소를 닮은 풋사과가 퐁 나타났다. 내가 두 번 다시 샛별문방구 쪽으로 가나봐라! 으앙, 창피해.

그래도 난 엄마가 좋다. 내가 만난 모든 사람 중 끝까지 나를 포기하지 않은 유일한 사람, 우리 엄마. 가끔 설거지하면서 물소리에 숨어 중얼거리는 엄마의 욕에 뜨악하지만 그거라도 해야 그녀의 화병이 잠재워질 것을 안다. 어쩌다가 귀 밝은 동물로 태어나 그것을 고스란히 들을 수밖에 없는 나지만 뭐 어떤가. '피할 수 없으면 즐겨라!' 견생 모토에 따라 욕 장단에 맞춰 개다리춤을 추면 그만이다.

그런데 엄마가 오늘 낮에 좀 울더라. 훌쩍이던 엄마는 갑자기 뭐에 홀린 사람처럼 벌떡 일어나서는 노트북을 들고 와 뭔가를 쓰기 시작했다. 아까도 말했듯이 나는 한국어와 멍뭉어 2개 국어에 능통한 천재 개다. 방바닥에 다리 뻗고 앉아 무릎 위에 노트북을 올려 타이핑 중인 엄마. 나는 엄마 옆에 가 엎드렸다. 엄마가 내 머리부터 등까지 길게 쓰다듬어 준다. 아, 노곤노곤 잠이 오려 해. 정신 차려!

나는 엎드려서 눈동자만 위로 치켜뜨고선 노트북 화면을 바라봤다. 눈알이 빠질 것 같았지만 끝까지 읽었다. 우리 엄마 마음을 알고 싶다. 역시 나는 천재견! 다 외웠다. 모두가 잠든 이 밤 살금살금 거실로 나온 지금, 엄마의 문장들을 비밀 일기장에 옮겨 쓴다.

「늑대 아이」를 처음 봤을 때 나에겐 아이가 없었다. 늑대 인간을 사랑하여 딸 '유키'를 낳은 대학생 '하나'는 둘째 아들 '아메'를 낳자마자 남편을 잃는다. 아이들 정체를 숨기기 위해 도시를 벗어나 귀농한 하나는 갖은 고생을 하며 남매를 키운다.

십 대가 된 남매에게 선택의 시간이 왔다. 유키는 인간, 아메는 늑대의 삶을 선택한다. 폭풍우 치던 날, 아메가 깊은 산으로 떠났다. 빗발치는 산중에서 아메를 찾아 헤매던 하나는 발을 헛디뎌 낭떠러지에서 굴러떨어지고 정신을 잃는다.

정신이 들어 눈을 뜨니 산 아래 주차장이었다. 눈앞엔 뒤돌아 가는 늑대, 아메의 뒷모습이 보인다. 하나, 그러니까 엄마가 울먹이며 아들에게 말한다

"아메? 아메! 정말 가는 거니? 그렇지만, 엄만 아직 너한테 아무것도 해 준 게 없는데……."

그 말에 걸음을 멈추고 엄마 쪽을 돌아보는 아메. 나는 아메의 내적 갈등을 감지했다. 그냥 엄마에게 돌아갈까? 나는 아메의 표정으로 하나에게 외쳤다.

"하나, 해 준 게 없다니 그게 무슨 말이야? 남매를 위해

희생한 세월을 기억 못 하는 거야? 네가 다 해 줬어, 다 해 줬다고!

얼마 전, 아이 엄마가 되고선 처음으로 「늑대 아이」를 다시 봤다. 하나의 저 말에 나는 얼마나 많이 울었던가. 최선을 다해 보살피고, 내 몫을 아껴서 재회가 좋아하는 미술 학원과 피아노 학원에 보내 주고, 열광하는 모 치킨을 사 먹여도 나는 늘 재회에게 미안하다. 아무것도 해 준 게 없는 기분이다. 왜 그런 걸까?

너무 사랑해서. 아직 아무것도 해 준 게 없다는 하나의 저 말은 "엄마가 많이 사랑해."였다.

10부작 드라마 「무브 투 헤븐」을 이틀 만에 완주했다. 아빠와 아스퍼거 증후군을 지닌 아들은 유품 정리 업체 '무브 투 헤븐'을 운영한다. 고인이 건네는 말에 귀 기울여 고인이 사랑했던 사람에게 그 말을 전하는 부자. 아들의 엄마는 병으로 세상을 뜬 지 오래다. 어떤 경우에도 아들을 사랑하고 지지해 주는 다정한 아빠. 아들에게는 아빠가 세상의 전부다.

어느 날 횡단보도를 건너던 아빠가 가슴을 부여잡고 쓰러진다. 지병이 있었던 모양이다. 곧 목숨이 끊어질 것을 직감한 아빠는 더듬더듬 핸드폰을 꺼내 아들에게 전화를 건다. 아빠가 돌아오지 않아 불안해하던 아들이 전화를 받는다.

고저 없이 일정하지만 감정이 전해지는 아들의 목소리와 아버지의 떨리는 숨소리가 울린다.

"아빠, 어디십니까? 왜 안 오십니까, 아빠?"

"아, 아빠가…… 미, 미안해."

아빠가 세상을 떠나면서 아들에게 건넨 마지막 말은 고마워도 사랑해도 아닌 미안해였다.

내 부모의 표정이 생각났다. 오빠 이혼, 부모님 이혼, 마지막으로 나도 이혼……. 각자의 가정이 폭파되어 저마다 남은 재를 뒤집어쓴 우리였다. 재를 뒤집어쓴 엄마가, 아빠가, 잿더미에서 허우적대는 나에게 손 내밀며 말한다.

"미안해, 우리 딸."

그 표정이 어색해서 도망가고 싶으나 마음 약한 나는 툴툴대면서 당신들의 손을 잡는다. 부모님은 내가 건네는 선물을 받으면 고맙다고 말하면서도 미안한 표정을 짓는다. 나한테는 한없이 약해지는 두 분. 행복한 가정을 넘겨주지 못해 미안한가 보다. 그 마음이 맞을 것이다. 나도 재희에게 미안하니까. 아이 곁에 아빠를 두지 못하게 만든 것 같아서.

그러나 부모들의 뜻을 다 이해하고도 남지만, 그래도 나는 재희에게 미안하다고 하지 않을 것이다. 아무것도 해 준 게 없다고 하지 않을 것이다. 그 마음이 안 들 수는 없겠지만 속으로만 말할 것이다. 미안하다는 말과 표정에 자주 닿으면 듣는 이도 미안해진다. 자기 존재가 미안하다. 그러니 나는 사랑하면 사랑한다고 말하련다.

비밀 일기장에 옮겨 적는 동안 눈물 콧물 다 쏟았다. 엄마는 재희랑 나에게 하루에도 열 번 넘게 사랑한다고 말한다. 미안하다고도 하지만 그건 '사랑해' 대신 쓰이지 않는다. 부딪혀서 미안해, 오늘은 산책 못 가서 미안해 등 그때그때 사소하게 사과한다.

오늘도 엄마는 "쪼꼬, 사랑해!" 하며 나를 꼭 안아 줬다. 없혀사는 기분이 들 때가 없진 않지만, '엄마가 나를 이토록 사랑하는데!' 하면서 바로 털어 버린다. 사랑한다는 말이 나는 참 좋다.

그런데 왜 일기를 쓰냐고? 기록하지 않으면 기억할 수 없으니까. 이건 투명 일기장이라서 사람 눈엔 안 보인다. 개의 시간은 빠르게 흘러가므로 열두 살인 나는 이미 할아버지. 이 일기장은 훗날 무지개다리 건널 때 챙겨 갈 재산 1호다. '강아지 하늘나라'에서 틈만 나면 읽을 것이다. 엄마를 기억해 놔야 엄마가 하늘나라 오는 날 마중 갈 수 있으니까.

이게 나의, 이 쪼꼬 님의 사랑법이다.

쪼꼬의 낼름낼름

출산 한 달 전부터 쪼꼬는 이 집 저 집에 맡겨졌다. 더는 맡길 데가 없어지자 친구 혜진이 나서서 쪼꼬를 데려가 줬다. "소영아, 너는 이제 너랑 재희만 잘 돌봐. 쪼꼬는 무지개다리 건널 때까지 내가 책임질게." 혜진은 사랑으로 쪼꼬를 돌봐 줬다.

1년 반 후 혜진에게 사정이 생겨서 쪼꼬는 나에게로 돌아왔다. 나는 여전히 마음의 병을 앓고 있어 예전과는 다르게 쪼꼬 돌보기를 힘겨워했다. 쪼꼬만이 그대로였다. 쪼꼬는 아기 재희를 처음부터 친근하게 대했다. 내가 아기를 낳으러 가기 전 이별했기에 실물 재희는 처음 만난 건데도 태중에서 세상으로 나온 재희를 쪼꼬는 단번에 알아봤다.

"쪼꼬, 낼름낼름 하지 마."

잘못 알았다. 그대로의 쪼꼬가 아니었다. 얼마 안 가 쪼꼬에게서 정형 행동을 발견했다. 하루에도 몇 번씩 혀를 메롱 하듯 날름거렸다. 시작하면 한참을 그랬다. 이 집 저 집 옮겨 다니면서 불안증이 생겼나 보다. 난 쪼꼬를 안고 미안해하며 쓰다듬어 줬다.

갈수록 나는 달라졌다. 쪼꼬의 낼름낼름을 보는 것이 불편해졌다. 엄마가 나를 이 집 저 집 옮겨 다니게 했지? 원망하는 것 같았다. 그 모습을 볼 때마다 나는 한숨을 푹 쉬면서 "하지 마, 쪼꼬. 낼름거리지 마!" 했다. 그럴 때마다 쪼꼬는 나를 흘깃 보고선 저쪽으로 갔다. 그렇다고 낼름낼름이 사라지진 않았다. 어제도 그랬다, 낼름낼름.

"쪼꼬, 낼름낼름 하지 마."

"……낼름!"

"낼름낼름 하지 말라니까?"

"낼름, 낼름낼름!"

"쪼꼬! 낼름……."

그때 재희가 내 말을 막고 부드럽게 말했다.

"엄마, 쪼꼬 그냥 하게 놔둬."

"응? 놔두라고?"

"응, 체온 조절하느라 낼름거리는 거야. 강아지들은 잘 그래. 저러고 있으면 마음이 편한지도 모르지."

"어어, 그래. 그럴지도 모르겠다! 재희야. 엄마가 잘 몰랐어."

쪼꼬가 날름댈 때마다 내는 쩝쩝 소리에도 나는 괴로워했다. 당시의 공기랑 냄새 같은 게 나를 쿡쿡 찌르는 것 같아서. 하지만 그건 내가 처리할 감정이지 쪼꼬의 잘못이 아니지 않은가. 재희 말대로 정형 행동도 아니고, 그저 체온 조절을 위함인지도 모른다. 정형 행동이면 또 어떻다고. 오히려 보듬어야 할 것을.

재희는 "종일 핸드폰만 하지는 말자."라는 내 말에 캔버스를 꺼냈다. 저녁 설거지를 하는데 재희가 엄마 하고 달려와 그림을 높이 치켜들었다. 쪼꼬다. 쪼꼬가 풀밭에 예쁘게도 앉아 있었다. 재희가 그러길 어쩌면 여긴 강아지 하늘나라이고, 그렇지만 자기는 쪼꼬랑 영원히 살고 싶다 했다.

그림을 벽에 거는데 그림 속 쪼꼬가 너무나 편안해 보여서 가슴이 찌르르했다. 쪼꼬, 낼름낼름 마음껏 해. 내 생각만 해서 미안했어. 우리 곁에 있어 줘서 고마워, 나의 늙은 개 쪼꼬.

철새는
길을 잃지 않아!

"군산 갈래?"

이 제안은 여행길에 갑자기 펼쳐지는 바다처럼 등장했다. 외할머니, 셋째 이모, 외삼촌 세 사람이 당일치기로 군산에 놀러 간다고 했다. 외삼촌이 물었다.

"소영이 너도 갈래?"

"재희 뒤치다꺼리만 하다 올 텐데, 안 가."

갈비를 뜯다 말고 나는 어깨를 으쓱했다. 셋째 이모가 수를 냈다. "가다가 예니 집에 재희 내려 주면 되지. 둘이 잘 놀잖아." 예니는 내 사촌 여동생이고 예니의 딸인 은지는 재희의 동갑내기 육촌이다.

그날이 왔다. 예니 집에 내리자 은지 손을 잡고 달려가는 재희의 뒷모습에 대고 나는 "잘 놀아!" 하고 소리쳤다. 돌아서는 내 얼굴은 희색만면하고, 목적지는 상관없다. 내 한 몸

이끌고 차 타고 떠난다는 사실만이 중요했다.

어디를 가나 우리 모녀는 함께였다. 남편에게 아이를 맡기고 '나 홀로 여행' 가는 친구들이 부러웠다. 늘 나랑 같이 다니기를 원했던 재희는 아홉 살이 되면서 처음으로 분리 신청을 받아 줬다.

외삼촌이 틀어 주는 올드팝을 들으며 차창 밖 전원을 감상하니 뮤직비디오가 따로 없었다. 「All by myself」, 일명 '오빠 만세'의 클라이맥스 "don't wanna live, all by myself~ any more~"에 맞춰 하늘 높이 철새 떼가 나타났다.

「브리짓 존스의 일기」에서 새해 첫날 외로움에 몸부림치며 이 부분을 립싱크하던 브리짓. 철새들이 '우리는 함께인 걸?' 보란 듯이 V자로 날아간다. 나는 라이너 쿤체의 시를 생각했다.

철새 떼가, 남쪽에서

날아오며

도나우강을 건널 때면, 나는 기다린다

뒤처진 새를

그게 어떤 건지, 내가 안다

남들과 발맞출 수 없다는 것

– 라이너 쿤체, 「뒤처진 새」 중에서

그 마음을 시인은 어찌 알까? 뒤처진 적 있어 아는 것이다. 어릴 적부터 나도 안다. 그러나 나는 뒤처진 새를 크게 걱정하지 않는다. 어느 박물학자의 말에 따르면, 이동하는 거위 무리 중 하나가 총을 맞고 추락하면 두 마리가 따라 내려가 회복을 돕고, 다친 새가 다시 날거나 혹은 죽을 때까지 곁을 지킨다고 한다. 또한 동료가 뒤처지면 한두 마리가 그의 곁으로 가 날갯짓 박자를 맞춰 준다고 하니 철새의 의리란! 히치콕의 「새」에는 거품 무는 내가 현실의 새를 동경하는 이유다.

나의 단골 사진 포즈 V는 철새 대형의 V다. 해마다 수천 킬로미터를 날아 고향으로 돌아가는 철새야말로 승리의 표본 아닐까? 경쟁 상대는 자기 자신이다. 마침내 목적지에 도착한 순간 고비마다 포기하려 했던 과거의 내가 "I'll be back!" 엄지를 들어 보이며 안개 속으로 사라진다.

철새 무리는 왜 V자 대형으로 이동할까? 공기 부양력 때문이다. 새의 날갯짓은 아래위로 난기류를 만든다. 뒤따르는 새가 앞서가는 새의 날갯짓이 만든 하강 기류를 피해 상승 기류를 타는데 V자는 이런 소용돌이 속에서 최소 에너지로 비행하기에 최적화된 대형이다. 그렇다면 맨 뒷줄 새들은 거저먹는 것이냐? 그럴 리가! 선두가 지치면 두 번째 대열의 새가 앞으로 나서고, 끝 쪽 새들은 끼룩끼룩 응원가를 보낸다. 환상의 팀워크가 단독 비행 대비 70퍼센트 이상의 원거리 이동을 실현한다.

외할머니, 셋째 이모, 외삼촌 무리에 나도 껴 있다. 우리 넷에게는 배우자가 있다가 없어졌다는 공통점이 있다. 싱글 맘, 싱글파파 선배들이다. 나는 초등학생 때부터 쭉 존경하는 인물란에 외할머니를 써 왔다. 강경의 철새 리더인 외할머니는 4녀 1남을 데리고 상경해 오랜 세월 백반집을 꾸려 나갔다. 남편이 있을 때나 없을 때나 싱글맘의 삶이었다. 외할아버지는 클리셰로 범벅된, 생활력 강한 아내를 둔 남자의 이야기 속 주인공 같았다. 빚보증을 잘못 서는 등 외할머니의 속을 새까맣게 태운 할아버지는 10년간 중풍을 앓다 돌아가셨다. 외할머니가 비보를 접한 곳은 둘째 딸(나의 엄마 평옥)과 함께 떠난 첫 해외 여행지 호주에서였다. 그것도 도착한 날에 말이다.

외할머니가 날갯짓을 힘들어하자 딸들과 아들이 번갈아 가며 선두를 지켰다. 그들은 때로 나도 지켜 주었다. 사냥꾼의 총에 맞은 내가 땅으로 처박혔을 때 회복을 도와 다시 대열로 돌아가게 해 주었고, 꽁무니에서 낙오될 위기에 처했을 때도 되돌아와 날갯짓을 맞춰 주었다. 누구 하나 아픔 없는 인생이 없었다. 완벽한 사람이 선두에 서는 것이 아니다. 경험 많고 바람에 저항하는 자가 무리를 이끈다.

경암동 철길 개나리색이 칠해진 가게에서 재희에게 줄 기념품을 샀다. 군산에서 촬영한 영화 「8월의 크리스마스」의 초원사진관이 그려진 자석인데 나는 사계절 중 겨울 버전을 골랐다. 영화에서는 겨울을 함께 나지 못한 정원과 다림이다.

횟집에서 외할머니가 사 주는 화려한 밥을 먹었다. 나를 이룬 성분 중에는 외할머니의 라면도 있다. 아홉 살 때 한 달 정도 백반집 2층에 자리한 외할머니 댁에 머물렀다. 나는 식당 옆 가게 좌판에서 머리핀과 반지 따위를 구경하다가 외할머니에게로 달려가 라면을 끓여 달라곤 했다. 외할머니는 들통에 배춧국을 끓이다가도 찌그러진 황금빛 양은 냄비를 불 위에 올려 쇠고기라면을 끓였다. 마지막에 계란을 탁 깨 넣자마자 초록 그릇에 내오셨는데, 지금도 판매하는 그 라면은 어떻게 끓여도 외할머니의 라면 맛이 안 난다.

우리는 사파리 체험하듯 차로 군산 한 바퀴를 돌았다. 먼 여행지를 하루 안에 다녀가려면 그곳에 성글게 스며들다 와야 한다. 바다가 보이면 차에서 내려 바닷바람 잠깐 쐬고, 무성한 갈대밭이 나타나면 풍덩 뛰어들어 사진 찍고 하는 식이었다. 올해 미수米壽(88세)인 외할머니의 걸음에 맞춘 이 소풍은 내게도 잘 맞았다. 외삼촌은 내비게이션 없이도 길을 척척 찾아간다. 새의 체내엔 생체 나침반이 있다. 그것이 지구의 자기장과 반응하여 철새는 길을 잃지 않는다. 매년 항로가 같다. 삼촌의 몸 안에도 나침반이 있단 말인가!

외할머니가 반건조 박대를 사 주셨다. 군산에서 박대는 박대받기는커녕 사랑을 독차지하는 어류다. 서대의 사촌 격인 박대는 껍질이 질겨서 그것을 벗겨 말린다. 박대가 옅은 분홍빛 속살을 드러내는 이유다. 이를 소금물로 씻어 벌레나 상할 위험이 없는 겨울 볕에 말린다. 셋째 이모가 박대는 비리지 않고 간이 되어 있으니 그대로 프라이팬에 구워 먹으면 된다면서 특유의 포근한 미소를 지었다. 납작한 박대는 밴댕이 저리 가라 할 만큼 속이 좁다. 셋째 이모랑은 완전 반대다. 어릴 때부터 내 말에 귀 기울이고 들어 줌으로써 위로해 주던 셋째 이모는 마지막 코스였던 선유도의 너른 바다와 그 해면의 반짝이는 윤슬을 닮았다.

서울로 방향을 돌리자 농가의 밭이 나타났다. 으악, 저게 다 뭐야? 우리는 한목소리로 외쳤다. 마른 밭이 온통 까맸다. 까마귀 떼다! 나는 까만 밭을 끝까지 돌아봤다. 까마귀를 보고 할머니는 흉조라 했고 이모랑 나는 그건 미신이라 주장했다. "할머니, 호주에서는 우리가 길조라고 부르는 까치가 공원에서 신문 보던 할아버지 눈을 마구 쪼았대요." "그려? 그 까치만 돌았나베!" 깍깍, 멀리서 까마귀 떼의 폭소가 터졌다. 조금 뒤면 금강호가 낙조로 물들 것이다.

'엄마 되기'를 멈추지 말 것

코로나에 걸렸다. 동거인 재희도 PCR 검사를 받아야 한다. 확진자가 부득이하게 보건소나 병원을 방문할 시 대중교통 아닌 자차로 이동해야 한다. 나에겐 자가용도, 재희를 병원에 데려가 줄 대체 보호자도 없다. "아, 그러십니까? 방법이 있습니다!" 대한민국에 안 되는 게 어딨냐며, 포털 사이트가 호들갑을 떨면서 방역 밴을 이용하라고 알려 줬다. "와, 그런 게 있다니! 그런데 요금이, 7만 원?"

분하지만 걷는 수밖에. 보건소까지는 27분, 선별 진료소가 있는 병원까지는 20분이 걸린다. 병원은 언덕 위에 있다. 집을 나서고 얼마 지나지 않아 서너 번 넘어질 뻔했다. 버텼다고 해서 기분이 나아지진 않는다. 보도블록 턱에 걸려서가 아니라 현기증이 나서 넘어질 뻔했기 때문이다. 현기증이 감지되면 사람은 겁먹는다. 하지만 아이가 보고 있어서 나는 꼭대기에서 멈춘 대관람차 속 엄마처럼 굴 수밖에 없었다. '우린 곧 지상에 발을 디딜 수 있다.'라고 담백하게 말하기, 괜히 한번 웃기, 걸음을 옮길 때마다 보이지 않는 주먹이 내 왼쪽 머리를 때렸다.

병원은 흡사 63빌딩 같았다. 어디서든 크게 보이지만 금세 닿지 않았다. 재희의 손을 잡고 천천히 걸었다. 우리가 꼭 잿빛이 된 세상을 헤매며 남쪽으로 향하던 「더 로드」의 아빠와 아들 같았다. 뒤에선 우릴 잡아먹겠다고 인간 사냥꾼들이 쫓아오는데 나는 달릴 수가 없다.

그때 나의 왼편에서 튀어나온 누군가가 실례할게요, 하더니 우리 앞을 분주히 가로질러 갔다. 안전모를 쓴 아저씨였다. 왼쪽을 보니 세상에, 전에 없던 거대한 구멍이 나 있었다. 그랜드 캐니언을 본뜬 조악한 관광지 같았다. 아파트 단지를 조성하나 보다. 이런 절벽과 마주칠 때면 잠수교에 매달려 찰랑이는 깊고 검은 물을 바라봤던 스무 살의 그 밤으로 돌아간다. 빨려 들어갈 것 같다. 실제로 나는 구멍에 빠져 죽기 직전까지 간 적이 있다.

살면서 두 번 죽을 뻔했다(물론 과거의 한 시점에서 내 바로 뒤 행인이 하늘에서 떨어진 콜라병을 맞고 죽었는지도 모른다. 하지만 내가 모르면 없는 일이니까). 이 두 번은 죽음을 목전에 두었던 경험을 말한다. 첫 번째 위기는 여덟 살 겨울에 찾아

왔다(미리 얘기하는데 두 번째 배경도 그해 겨울이다. 1986년 겨울에 대체 무슨 기운이 있었길래)!

오빠랑 나는 겨울이면 매일같이 화전 스케이트장에 갔다. 화전을 일구던 논은 추수를 끝내고 겨울이면 어린이들의 놀이 욕구를 충족시켜 주었다. 빙상은 내 얼굴 같았다. 요철이 심했다. 씽씽 얼음을 지치다가 부지불식간 튀어나온 얼음에 걸려 날아가면서도 나는 꺄하하 웃었다. 오빠랑 나는 스케이트장 한쪽에 놓인 넉가래를 차지하겠다고 자주 다퉜다. 넉가래는 눈이나 얼음을 쓸어 한쪽에 모아 놓을 때 쓰는 도구다. 철 재질이라 내가 끌기엔 역부족이었던 그것은 늘 오빠 차지였다.

하루는 외삼촌이랑 스케이트장에 갔다. 한참 노는데 삼촌이랑 오빠가 컵라면을 먹겠다면서 휴게소로 쓰는 비닐하우스에 들어갔다. 원래는 컵라면을 선택했어야 할 나는 그날만은 넉가래를 갖고 놀 생각에 얼음판을 고수했다. 나는 내키만 한 넉가래 손잡이를 잡고선 눈을 밀겠다고 앞쪽으로 세게 힘을 줬다. 넉가래는 꿈쩍 않고 다른 것이 움직였다. 그렇다, 나다. 빠르게 슉, 반동으로 뒤로 미끄러져 간 내가 풍덩, 물웅덩이에 빠졌다. 모두가 안전 불감증을 앓던 시절이었다. 논 모서리마다 얼음이 깨져 있어도 누구 하나 막는

이 없었다. 알아서 주의해야 했다.

발이 땅에 닿지 않자 나는 허우적댔다. '내가 어른이라면, 아니 세 살 차이 나는 오빠의 키 정도만 되었어도 장수탕의 냉탕인 것마냥 평화로이 서 있을 텐데!' 얼음 바람 속 냉수마찰을 받으며 나이로 인해 벌어지고 있는 부당한 처사에 분통이 터졌다(나이가 핸디캡으로 작용해 죽는 어린이가 얼마나 많을까). 설상가상 물먹은 핑크 오리털 점퍼가 나를 자꾸만 물 밑으로 끌고 갔다. 아빠가 외할머니 댁 근처 유진상가에서 사 준 백조 날개 같은 피겨 스케이트도 오리털 점퍼랑 같은 편이었다. 난 너희가 착한 놈인 줄 알았는데……. 꼬로로로 물속으로 가라앉는 찰나, 소영아! 삼촌이 내 손을 잡았다.

눈을 뜨니 옷가지를 들고 우는 엄마가 보였다. 엄마는 호기심 소녀였던 내가 연필로 귀를 파서 이비인후과 수술을 받던 날도, 박쥐 인간처럼 뛰어내리겠다면서 장롱 꼭대기에서 날아 전등갓에 이마를 그어 열 바늘 꿰맨 날도 눈물을 훔치고 있었다. 소영이가 많이 아플 텐데, 하면서. 나는 비닐하우스 안 연탄난로 앞에 누운 채로 엄마를 빤히 보다가 컵라면을 요구했고, 엄마는 이 와중에 컵라면을 먹겠다는 걸 보니 소영이 정신이 돌아온 게 확실하다며 환호했다.

두 번째로 죽을 뻔했던 이야기도 해야겠다. 그로부터 며칠 뒤였다. 수영장도 아닌 데서 익사할 뻔했던 나는, 이번에는 먹거리가 풍족한 시대에 군이 기체를 마셔 버렸다. 연탄가스를 마신 것이다. 마침 우리 집 안방에서는 태봉연립(내가 태어난 연립) 계원들과 부모님이 48장짜리 꽃무늬 딱지로 친목을 다지고 있었다. 그중 비광의 사내를 닮은 이층 아저씨가 참다못해 화장실로 달려갔고, 문 앞에 쓰러져 있는 나의 오빠를 발견했다. 오빠는 다이아몬드를 돌고 와 가까스로 세이프를 한 야구 주자처럼 한쪽 팔을 화장실 문턱에 터치한 채 엎드려 있었다고 한다. 자기 목숨줄과 세이프? 그에 반해 나는 강을 떠내려가는 존 에버렛 밀레이의 그림 속 오필리아처럼 이불 위에 똑바로 누워 있었다고 한다(나에게만 아름다운 비유를 든 것 같아 마음이 편치 않다).

아빠는 자식 둘을 한꺼번에 안고 뛰쳐나갔다. 꽃밭에 남매를 나란히 눕히더니 "흙냄새를 맡아, 얘들아!" 하고 소리치면서 엉엉 울었다고 한다. 나는 아빠가 '으윽' 하고 우는 건 봤어도 '엉엉' 우는 모습은 본 적이 없다. 그래서 아빠가 미운 날엔 아빠가 나를 꽃밭에 눕히면서 목놓아 우는 모습을 떠올린다. 흙냄새를 맡고 일어난 내가 흙 묻은 손으로 아빠의 눈물을 닦아 주고 "아빠, 나 이제 괜찮아."라며 배시시 웃는다. 그러면 아빠는 기뻐서 울겠지. 흙냄새를 맡고도 일어나지 못한 남매는 세브란스로 이송됐다. 나는 또 살았다.

지금의 나는 세 번째 죽음에 직면했다. 몸도 최악의 상태이지만 외로움에 죽을 지경이다. 누가 나를 위해 울어 줄 것인가! 하지만 나를 위해 내가 울어서라도 병원으로 가야 한다. 아이의 안위를 확인하는 게 급선무다. 옆을 보니 직사광선이 내 아이의 정수리를 통과하고 있다. 아파트 공사 현장을 지나 언덕을 오르면서 나는 재희에게 사과한다.

"엄마가 미안해."

부연 없는 이 말에 땀에 전 재희가 말한다.

"에이, 괜찮아. 엄마가 코로나 걸리고 싶어서 걸렸나? 제일 힘든 사람은 엄마지. 그리고 우리에겐 차가 없으니까, 버스 타면 사람들한테 옮길 수 있으니까 걸어가는 게 맞지. 엄마, 아직도 많이 아프지? 걷는 것도 힘들지? 뽀뽀도 못 하고, 에잇 참."

그 순간 번쩍, 알 수 없는 힘이 솟는다. 그것은 별똥별처럼 내 이마에 밝고 굵은 선을 긋고 사라진다. 재희를 낳은 날부터 지금까지의 순간이 시퀀스로 흘러간다. 밤마다 우는 아기를 어르고 달래면서 같이 울었던 내가 마침내 새근새근 잠든 재희의 이마를 쓸며 미소 짓던 밤, 어린이집에서 산책 나온 재희를 마주쳐 황급히 전봇대 뒤에 숨어 훌쩍이던 나(단체에 섞여 있는 아이를 보면 왜 눈물이 났는지 모르겠다), 벌에 쏘인 재희를 안고 뛰던 순간, 인형 뽑기 기계에서 곰돌이 인형을 빼내 흔들면서 엄마를 보며 까르르 웃던 재희.

나는 엄마가 되는 바람에 사랑을 알아 버렸다. 세상의 어리고 여린 것들, 그러니까 모두에게는 엄마가 (되어 줄 사람이) 필요하다. 나는 엄마 되기를 포기하지 않았다. 그 결과 지금 이렇게 아이로부터 사랑받고 있다. 너는 누가 나를 위해 울어 주지 않아도 된다. 자부심으로 극복하니까. 우리가 가는 곳이 바로 남쪽이다!

언덕의 병원에 도착했다. 아무도 없는 선별 진료소가 을씨년스럽다. 채취 직전 아이가 뒷걸음치길래 뒤에서 안아 줬다. 우리는 다시 걸어서 돌아갔고, 다음 날 문자를 받았다. '음성'이었다.

이야기꾼의 탄생

유년 시절, 높은 데서 뛰어내리곤 했다. 담장이고 장롱이고 가리지 않았다. 돌이키니 어떤 높이는 죽을 수도 있었다. 이마가 찢겨 병원에 실려 가기도 했고, 실려 갔어야 했으나 그러지 않은 적도 있다. 나는 "여자애가 왜 이리 극성맞냐."처럼 탐탁지 않은 이유로 혼나기 싫어 꿰매거나 붙여야 할 상황 아니면 몰래 견뎠다.

하굣길의 그 아파트 놀이터에는 그네가 있었다. 아홉 살 소영은 그네를 평범하게 타지 않았다. 서서 타다가 최고점에 도달한 순간 몸을 던졌다. 찰나의 하늘을 날아 '여2' 기술을 펼친 여홍철 기계체조 선수처럼 모래밭에 '착지!' 했다. 큰코다칠 미래의 예언이다. 아니나 다를까 태양이 작열했던 오후, 나는 뫼르소도 아닌 주제에 날아오른 순간 햇볕이 쨍했단 이유로 개구리 자세 그대로 모래밭에 처박혔다. 가장 먼저 박힌 게 코, 그다음이 입이었다. 그 반대일 수도 있다.

죽었다고 생각했다. 눈앞이 하얬고 뎅, 천국의 종소리가 고막을 간질였다(나의 애처로운 숫자로 구성된 아이큐에 지대한 영향을 준 사건임이 확실하다). 곧 살았음을 알았다. 이토록 생생한 쪽팔림은 산 자만이 누릴 수 있나니! 아픔이 먼저 오면 부끄러울 사이가 없건만 어찌하여 통증은 창피보다 한발 늦는지. 집중된 시선에 그 개구리는 멀리 뛰기 위해 움츠려 있었던 듯 튀어 일어났다. 구석에 가 앉아 연신 모래를 뱉고, 코피를 삼키고, 어지럼을 달랬다. 시선으로부터 자유로워지자 온몸이 욱신댔다. 모래밭 개구리 자국이 꼭 만화 같았다. 코피에선 그네 체인을 잡았던 손 내음 맛이 났다. 대책 없는 초딩이었다.

뛰어내리는 순간을 카메라로 찍는다면 대책 없는 나 말고 한 사람 더 보일 것이다. 안 그래도 큰 눈을 최대한으로 뜨고 내 쪽을 향해 있는 동급생 장해미다. 그렇다. 나는 구경꾼이 볼 때만 뛰어내리는 허세 충만 어린이, 관종이었다.

80년대엔 서울에도 노는 땅이 많았다. 놀이터를 나와 공터를 지나면 내 키의 두 배가 넘는 잡초와 덩굴로 위장한 판잣집이 있었다. 나는 그 집 담 아래를 관객석 삼아 장해미를 앉힌 다음 조선 후기의 소설 낭독가인 전기수로 변신했다.

즉석에서 이야기를 지어 연기했으니 엄밀히는 전기수가 아니었지만 말이다.

여기, 각진 책가방을 멘 여자아이 둘이 담벼락에 등을 기대어 앉아 있다.

"으스스하지. 외톨이가 돼서 비가 오나 눈이 오나 누군가를 기다리고 있는 집을 폐가라고 하거든. 뭐, 매일 밤 열두 시엔 귀신이 찾아오지만! 해미 너도 따라 해 봐, 폐-가."

"폐-가."

"어때? 무서워서 폐가 막 아프지?"

"'폐가'가 어떻게 아플 수 있어?"

"아니, '폐가'가 아니라 그냥 '폐' 말이야. 우리 몸속에 들어 있는 건데 숨 쉴 때 필요해. 숨이 잘 안 쉬어지면 어떻게 되는 줄 알아? 들이마실 때마다 폐가 꼬집히는 것처럼 아프다고!"

"후하― 나는 잘 쉬어지는데?"

"장해미! 네가 이 집에서 일어난 일을 몰라서 그래. 여기서 무슨 일이 있었냐면……."

뭐랄까. 지금의 내겐 이불킥 감이다. 개연성이라고는 쪼꼬의 눈꼽만큼도 없던 이야기들. 그러거나 말거나 말미의 장해미는 늘 심각한 얼굴을 하고 있었다. 그러니 전기수 놀이를 멈출 수 없었다. 순전한 픽션은 아니었다. 초보 이야기

꿈은 본인 이야기를 씨앗으로 뿌리는 법.

우선, 나의 부모가 전쟁처럼 싸웠던 어젯밤을 '폐가'에 갈아 넣어 한 맺힌 엄마 캐릭터를 탄생시킨다. 그 엄마한테 높은 데서 뛰어내릴 때마다 볼기를 석 대씩 맞는 딸과 외할머니 고추장 독 안에 연탄재를 투하해 종아리를 맞는 아들도 등장한다. 어디선가 나타난 아빠는 왜 애들을 때리냐 소리 지르고, 엄마는 이게 다 너 때문이라면서 울부짖는다. 그 난리 속에 별안간(대체로 인물들은 갑자기 불시에 우연히 불현듯 등장하니까) '내 다리 내놔 귀신' 내지는 '월하의 공동묘지 처녀 귀신'이 튀어나오고! 귀신이 다 잡아먹겠다며 일가족을 잡아가는 바람에 '즐거운 나의 집'이 결국 폐가가 되고 말았다는 어이 상실 막장 스토리. 죄다 이런 식이었다.

또 다른 코스, 공터에 설치된 방방(트램펄린)을 뛰면서 안전한 추락이 보장된 비행을 즐겼던 나는 하늘 꼭짓점을 찍을 때마다 꺄하하, 웃음을 터뜨렸다. 오늘도 성공! 부모님이 다투는 소리에 이불을 뒤집어썼던 전날 밤의 나는 어느덧 사라졌다. 방방 할아버지는 화로를 놓고 뽑기(달고나)도 만들었다. 전기수가 이야기 값을 받았어야 마땅하나 관객에게 뽑기를 사는 건 으레 나였다. 해미는 용돈을 받지 않기도 했고, 무엇보다 매번 내 이야기에 집중하고 반응해 주는 친구가 나는 고마웠다. 함께 뽑기를 하면서 하트 모양이 성공하면 방방 할아버지가 별 모양 뽑기를 또 만들어 주셨다.

'행복한 가정은 모습이 모두 비슷하고, 불행한 가정은 모두 제각각의 불행을 안고 있다.'『안나 카레니나』의 첫 문장이다. 행복한 가정이라고 해서 불행한 순간이 없지야 않겠지만 이야깃거리 면에서는 본격적인 불행으로 점철된 가정에 대적할 수 없다. 내가 바로 그런 가정의 일원이올시다! 그러니까 나에겐 불행 부심負心이 있다. 이 얼마나 행운인가. 말하자면 '몰랐던 이복동생의 존재', '그로 인한 부모님의 불화와 이혼', '나의 이혼으로 이어진 일련의 사건'이 이야기꾼이 꿈인 나에겐 뽑기 성공이나 진배없다. 거기에서 파생하는 새로운 이야기를 선물로 받았다. 불행이 가져온 행운이라니. 다른 모양의 새 달고나가 생기다니!

물론 행운의 방문이 반드시 행복으로 귀결되진 않는다. 당사자가 이야기화할 때, 그때가 행복이 설 자리가 나는 시점이다. 내가 좋아하는 한 언니는 책 선물을 주면서 표지 뒷장에 이성복 시인의 문장을 적어 주었다.

"이야기된 불행은 불행이 아니다. 그러므로 행복이 설 자리가 생긴다."

등 떠밀려 '어어-' 하다가 절벽에서 추락하듯 싱글맘이 되면서 내 고통이, 불행이 문장으로 나타나기까지 시간이 필요했다. 추락하는 동안, 죽음을 살아가는 고통은 바로 말해지지 않았다. 한동안은 당황의 형태로 나타났달까? 소리 없는 포효여서 말로 빚어지지 않았기 때문이다. 입을 닫고 있지만 속은 소란했다. 시원하게 울 수도 없었다. 눈물은 정제된 슬픔인데 고통 직후의 고통은 그저 날것이므로. 불순물 함량이 높아 울어야 할지 웃어야 할지 갈피를 못 잡았다.

하지만 온전한 행복이 없듯 완전한 불행도 없다. 온통 고통인 그때, 그때가 나를 만나는 진정한 호시절이자 드문 기회였다. 고통이 양념처럼 섞여 있을 땐 거울이 되어 줄 타인이 필요했지만, 온통 고통인 때에는 나를 통해 나를 봤다. 자신에게 침잠한 데미안처럼, 타인의 눈엔 언뜻 죽은 듯 보이지만 실은 내게 몰두해 있는 상태. 관찰자와 피관찰자가 일치할 때 하나의 세계가 깨지고 새로 태어난다. 이 과정은 일정 주기로 반복됐고 소요 시간이 짧아지면서 글쓰기에 이르렀다. 죽기 직전 양초를 펜 삼아 쓴 망자의 유서에 셜록 홈스가 잉크를 뿌렸을 때처럼 그렇게 문장들이 드러난 것이다. 놀라진 않았다. 신기한 현상도 아니다. 그저 숙명이 개입한 것뿐. 관종이면서 이야기꾼으로 태어난 내가 말이다.

그리고 나는 주인공이지 않은가. 내가 좋아하는 영화의 감독과 주연 배우는 연인 사이다. 힘든 일이 생기면 둘은 이런 대화를 나눈다고 한다.

"이건 주인공 서사야. 내가 영화 속 주인공이라고 생각하면 다 해결돼. 너무 쉽게 풀리면 주인공이 아니잖아? '이게 다 산을 넘고 있는 거구나.'라고 생각하면 편안해져."

에필로그

나의 핸드폰에는 한 알람이 고정되어 있다. '일요일 아침 9시 30분', 재희의 중요 루틴 때문이다. 어쩌다 늦잠을 자 루틴을 건너뛴다면? 그 일요일은 틀림없는 재희의 눈물 바람으로 시작할 것이다. 내가 일요일마다 짜장라면 요리사 아닌 철두철미 비서 모드를 장착할 수밖에 없는 이유다.

기상에 성공한 모녀가 눈을 반쯤 뜨고 TV 앞에 앉는다. 아직 광고 중이다. 쪼꼬도 우리 옆에 개구리 자세로 엎드렸다가 동그랗게 웅크린다. 광고가 끝났다. 프로그램 시작을 알리는 구호를 진행자들과 모녀가 함께 외친다. "열려라, 동물농장!" 그렇다. 「TV 동물농장」 본방 사수, 그것이 일요일의 과업이다. 물론 재희에게도 이유는 있다.

"엄마랑 이렇게 나란히 앉아서 동물농장 볼 때가 은은하고 좋아."

그러자 나에게도 그것이 이유가 되었다.

"응, 엄마도. 이 시간이 포근해."

그날의 마지막 이야기 주인공은 엄마 개 여름이었다. 2022년 여름, 서해안 어느 항구에 진돗개만 한 하얀 암컷 성견이 유기됐다. 항구 앞 매점을 운영하는 여사님은 그 개에게 여름이라는 이름을 붙여 주고 매일 밥과 물을 챙겨 왔다.

부족하지 않게 식사하고도 여름이는 관광객에게 음식을 구걸하고 음식물 쓰레기를 뒤진다. 먹고 또 먹는다. 그럼에도 불구하고 뼈가 앙상한 여름이. 축 늘어진 젖을 보아 아무래도 새끼들을 낳은 듯하다. 매점 사장님과 여름이를 챙겨주는 또 다른 아저씨, 제작진이 여름이 뒤를 쫓는다. 걸음이 어찌나 빠른지 시야에서 사라진 여름이를 드론 카메라로 겨우 찾았다. 항구에서 무려 5킬로미터나 떨어진 야산으로 들어간 여름이! 거기엔 체온 유지를 위해 서로 뭉쳐 꼬물거리는 일곱 마리의 강아지가 있었다.

여름이는 새끼들에게 도착하자마자 옆으로 누워 젖을 물렸다. 어찌나 잘 먹였는지 아기들은 통통했다. 그랬구나. 왕복 10킬로미터를 경쾌한 발걸음으로 하루에도 몇 번씩 오간 동력이 바로 너의 자식들이었구나. 나는 훌쩍였고, 재희는 여름이가 우리 엄마처럼 멋진 엄마라면서 엄지척을 들어보였다. 나는 재희에게 여름이의 위대한 모성을 받쳐 주고 있는 다른 마음들에 대해 말해 주었다.

재희야, 여름이와 새끼들이 생명을 유지할 수 있었던 데에는 선한 마음들과 행운이 있었어. 매점 사장님과 한 아저씨가 주었던 매일의 식사, 여름이의 안위를 바라는 동네 사람들 마음, 여름이를 아무도 해치지 않은 것, 산짐승으로부터 새끼들이 무사한 것, 매점 사장님 제보로 여름이와 새끼들이 구조돼서 건강한 삶으로 돌아가게 된 것 등등 이것 말고도 너무 많아. 우리도 지금 이렇게 나란히 앉아 은은한 분위기를 누릴 수 있음에 감사해야겠다.

정말 그랬다. 내 가족, 친구, 이웃의 사랑 이외에도 받는 도움들이 있다. 어느 밤, 라디오와 거실 등이 동시에 꺼졌다. '언제 다시 켜지려나.' 하는 순간까지 겨우 몇십 초가 흘렀을 뿐인데 라디오가 다시 노래하고, 거실이 환해졌다. 이 현상은 과거로부터 오는 별빛만큼이나 불가사의하다. 곧 내 머릿속에도 알전구가 켜졌고 나는 부르르 떨었다. 별빛은 우주 현상이지만 정전 후 1분도 채 되지 않은 재점등 뒤엔 사람이 있었을 것이다.

가끔 횡단보도 신호가 바뀌길 기다리며 멍하니 서 있을 때 눈물이 핑 돈다. 신호등이 바뀌자 차들이 서고, 반대편 차는 움직이기 시작하고, 사람들이 건너고, 안 부딪히게 건너고, 이러는 모습에 울컥하는 것이다. 규칙을 잘 지키고 서로 조심하는 모습이 착하다. 그렇게 다들 조심조심 어딘가로 향한다. 좋은 일만 기다리고 있진 않겠지. 이토록 착하게 살아가는데 말이다. 집에 돌아와 손을 닦으려고 수도꼭지를 올리자 당연하다는 듯 물이 콸콸 쏟아진다.

매 순간 도움받으며 산다. 약속을 잘 지키고 자기 일에 책임을 다하는 분들 덕에 나는 지금 노트북 앞에 앉아 있다. 여름이가 한 발 한 발 왕복 10킬로미터를 오가며 새끼들을 먹인 것처럼 나는 오늘도 한 글자 한 글자 자판을 두드리며 지하의 문을 활짝 열어젖힌다. 나를 재회에게로 데려다주는 이 해방감, 자유로움! 나는 이제 1초의 망설임도 없이 말한다. 사랑한다고, 일요일 아침마다 너와 나 그리고 쪼꼬가 나란히 앉아 동물농장을 볼 수 있어서 행복하다고. 우린 계속 그럴 거라고.

참, 그제 동물농장이 기쁜 소식을 알려 왔다. 여름이와 일곱 마리의 새끼들이 전국 방방곡곡 행복한 집으로 입양됐다고 한다. 우리 모녀는 열렬한 박수를 보냈다. 당연히, 쪼꼬도.

싱글맘의 마음 보고서
이보다 더 좋을 수 있다

홍소영 지음

초판 1쇄 발행 2023년 5월 10일

펴낸이 이민 · 유정미
기획 김경민
편집 김지현
디자인 제이더블유앤파트너즈

펴낸곳 이유출판
주소 34630 대전시 동구 대전천동로 514
전화 070-4200-1118
팩스 070-4170-4107
전자우편 iu14@iubooks.com
홈페이지 www.iubooks.com
페이스북 @iubooks11
인스타그램 @iubooks11

ISBN 979-11-89534-41-7(03810)

정가 15,000원